한의 스페셜리스트 5

가프 장편소설

초판 1쇄 찍은 날 § 2018년 5월 28일
초판 1쇄 펴낸 날 § 2018년 6월 4일

지은이 § 가프
펴낸이 § 서경석

총괄팀장 § 최하나
편집책임 § 이선근

펴낸곳 § 도서출판 청어람
등록번호 § 제387-1999-000006호
등록일자 § 1999. 5. 31
어람번호 § 제1-2910호

주소 § 경기도 부천시 원미구 부일로 483번길 40 서경B/D 3F (우) 14640
전화 § 032-656-4452 팩스 § 032-656-4453
http://www.chungeoram.com
E-mail § chungeorambook@daum.net

ISBN 979-11-04-91750-9 04810
ISBN 979-11-04-91658-8 (세트)

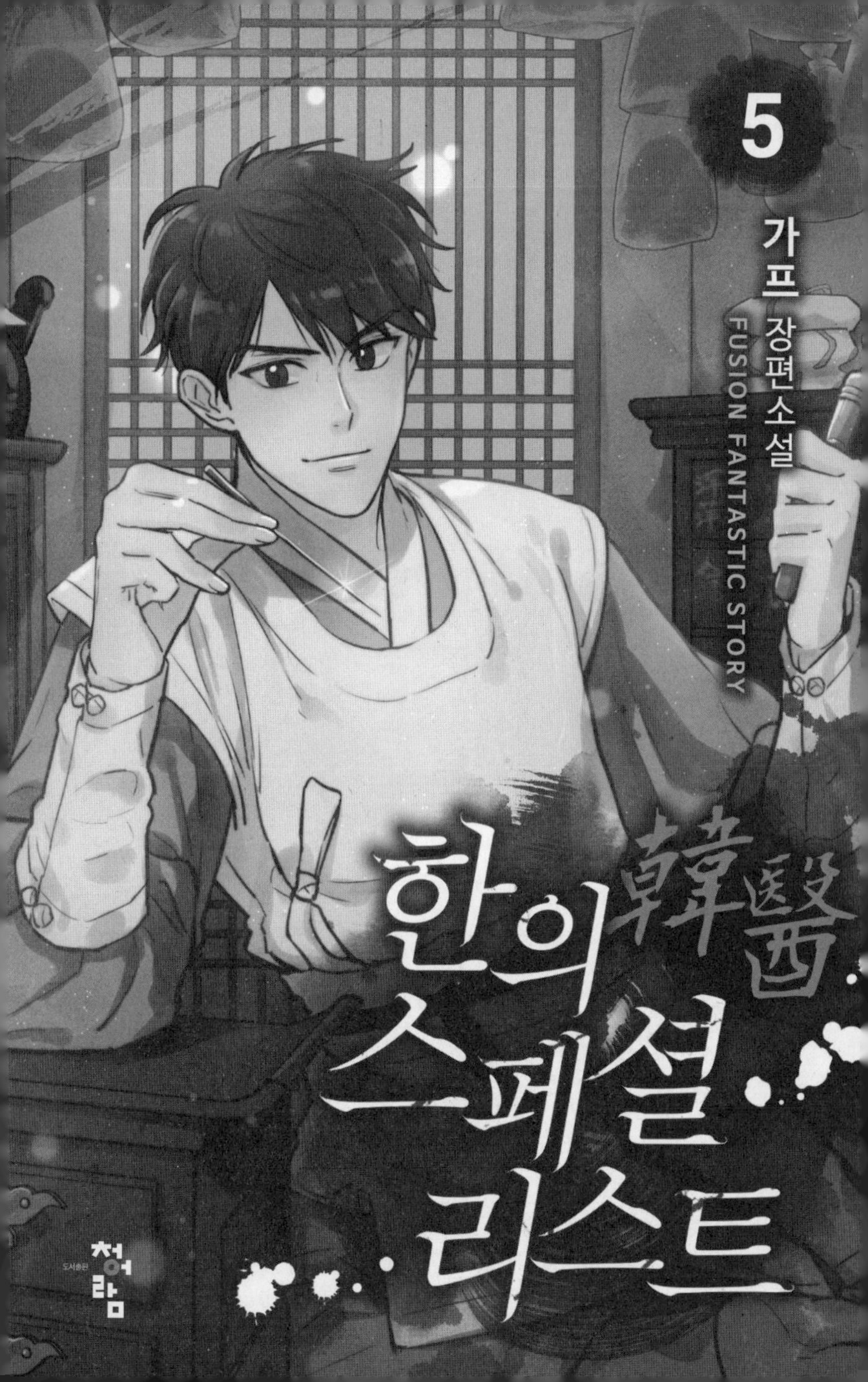
5
가프 장편소설
FUSION FANTASTIC STORY
한의韓醫 스페셜리스트
도서출판 청어람

Contents

1. 죽은 자의 소원 ◆ 7

2. 혼신 장침, 저승행 열차를 세우다 ◆ 23

3. 국대급 SS병원으로의 왕진 ◆ 63

4. 먹튀 어깨, 내가 살려 드리죠 ◆ 107

5. 셀프 디스의 진수 ◆ 133

6. 심장판막의 스위치가 자궁에 있다고? ◆ 151

7. 이것이 명의다 ◆ 165

8. 발목에는 귀천이 없다 ◆ 207

9. 당신의 하루는 얼마일까요? ◆ 249

10. 자존심이냐 생매장이냐 ◆ 265

1. 죽은 자의 소원

"많이 드세요. 오늘은 제가 아버지를 대신해서 나왔습니다."

저녁 시간, 질박한 한정식집에서 이진웅이 말했다. 앞에는 윤도가 앉아 있었다.

"쉬는 날 많은 민폐를 끼칩니다."

"민폐라니요 아버지도 오시려고 했는데 호주 총리와 약속이 잡혀서요."

"예……"

윤도가 고개를 끄덕거렸다. 그러고 보니 호주 총리가 입국해 있었다. 뉴스에서 들었지만 흘려 버린 윤도였다.

"실은 부용이도 온다는 걸 제가 강제로 막았습니다."

"예……."

"아무튼 굉장합니다. 저는 선생님 볼 때마다 믿을 수가 없군요."

"뭐가 말입니까?"

"뭐든지 다요. 제 목숨을 구한 것부터 부용이, 상무위원 치아, 그리고 오늘 오 이사님을 살려낸 것까지 말입니다."

"오 이사님은 죽었던 게 아닙니다."

"하지만 죽은 거나 다름없는 목숨이었죠."

"그건……."

"아버지가 그러시더군요. 채 선생님에게서 배우라고. 불치나 난치병 앞에서 주저하지 않고 도전하는 정신. 그 정신이 있기에 높은 성취를 이루었을 거라고 말입니다. 그거야말로 이 시대의 기업가들이 갖춰야 할 덕목이라고 하셨습니다."

"그건 그냥 한의사의 기본일 뿐입니다."

"실은 제가 두 가지 청탁이 있어 김 전무님을 못 오시게 했습니다."

"청탁이라고요?"

"하나는 사내 중간 간부들 강연입니다. 제가 간부들 재교육 프로그램에 관여하고 있지 않습니까? 언제 한번 오셔서 강연을 부탁드립니다."

"제가 무슨 자격으로……."

"왜 이러십니까? 선생님이 자격 없으면 저희 회사에 강연 나올 사람 없습니다."

"강연료는 많이 챙겨주실 건가요?"

윤도가 웃었다.

"허락하신다면 다섯 장까지는 준비하도록 지시하겠습니까?"

"저한테 5백만 원이나 쏘신다고요?"

"5천만 원입니다만!"

"……?"

윤도 얼굴에서 미소가 가셨다.

5천만 원.

보통 재벌 기업 강연료는 3백만 원에서 1천만 원 사이가 많았다. 특별한 명사라면 5천만 원도 가능하다. 하지만 그 정도 중량감은 우리나라에 거의 없었다. 그런데 윤도에게 5천이라니?

"농담 아닙니다. 당장에라도 담당 대리 불러서 강연 초청서 드릴까요?"

"아, 아닙니다. 정 필요하시면 주제넘지만 한 번 정도는……."

"고맙습니다. 아버지에게 제 체면이 서겠네요."

"하지만 멋진 강연은 장담 못 합니다."

"명의열전 보았습니다. 그만큼만 하시면 대박 강연으로 기록될 겁니다."

"또 하나는 뭐죠?"

"또 하나는……"

이진웅이 잠시 말을 더듬었다. 곤란한 이야기로 보였다. 그는 결명자차를 한 컵 더 마신 후에야 천천히 입을 열었다.

"실은 사적으로 진료 한번 부탁했으면 해서요."

"누구를 말입니까?"

"이게 진짜 어려운 일인데……"

"어차피 꺼낸 말 아닙니까? 해보세요."

"혹시 광용푸드 지창명 회장님 아십니까?"

'지창명?'

윤도가 고개를 들었다. 광용푸드라면 그 또한 대한민국 굴지의 기업이었다. 거기 지 회장은 92세의 고령. 그러나 심장병에 치매 중세까지 겹쳐 한정치산자 이야기마저 나돌고 있는 마당이었다.

"그분이 제 장인 되십니다."

"……?"

"그분 또한 거의 식물인간에 가깝죠. 못할 말로 똥오줌 받아내는……"

"부장님……"

"죄송합니다. 아버지께서 행여나 선생님께 부담이 될까 말씀드리지 말라고 하셨는데 아내 보기가 딱해서 말입니다."

"사연이나 한번 들어볼까요?"

"그래주시겠습니까?"

이진웅은 또 찻잔을 들었다. 두어 모금을 마신 후에야 사연
이 이어졌다. 지창명 회장. 혈혈단신으로 세계적인 푸드 기업
을 세웠다. 기업가로서 꿈이 있었다. 강남 한복판에 풍용 스
카이벨트를 세우는 거였다. 66층짜리 빌딩만 여섯 개가 서는
대공사. 그 빌딩에 직원을 가득 채우는 게 꿈이었다. 그 꿈을
위해 차곡차곡 땅을 사들였다.

인허가가 문제였다. 서울은 많은 이해관계가 충돌하는 곳.
인허가를 신청하면 매번 반려가 되었다. 정권이 바뀌는 동안
신청료(?)가 천문학적으로 들어갔다. 그러다 10여 년 전에야
겨우 허가를 따내게 되었다. 이때 지 회장의 나이 82세. 현장
에서 첫 삽을 떴을 때 중풍을 얻어맞았다. 2년여의 재활을 거
치고 나오자 이번에는 심혈관 증세가 찾아왔고 다시 1년 후에
는 치매 증세가 겹쳤다.

지창명은 끝났다.

재계는 그렇게 말했다. 그는 불사신처럼 일어섰다. 때로는
휠체어를 타고, 또 때로는 임원들에게 부축된 채 기공식의 첫
삽을 떴다.

그 타운은 이제야 준공식을 코앞에 두고 있었다. 하지만 세
월은 지 회장을 기다려 주지 않았다. 작년부터 완전하게 다운
된 육체는, 그를 천하의 지창명이 아니라 추레한 노환의 병자

로 만들어 버렸다. 숨은 붙어 있되 의지와 자아가 없는 허깨비에 불과한 삶이었다.

그럼에도 불구하고 그는 늘 벽에 붙여둔 풍용 스카이벨트 조감도를 바라보았다. 의식 없는 사람에게 있을 수 없는 일이었다. 아침에 눈을 뜨면, 밤에 잠들기 전, 그는 말없이 조감도를 바라보며 자장가와 모닝콜로 삼았다.

"아버지, 저거 알아요?"

그때마다 딸이 물었다.

"저거 아냐고? 아버지가 직접 결정한 설계도잖아요?"

딸의 질문은 간절하지만 지창명의 대답은 똥오줌뿐이었다. 이진웅도 보았다. 뭔지 모르지만 간절한 시선. 그렇기에 때로는 저게 한이 되어 못 죽고 있나 싶을 정도였다. 하지만 이제는 그 눈빛마저 스러진 상황. 모든 기능은 거의 다 정지되고 그저 숨결만 남은 세기의 사업가 지창명.

"우리 집사람 소원이 그거거든요. 아버지가 단 하루만이라도, 아니, 단 한 순간만이라도 제정신으로 풍용 스카이벨트를 보고 가시면 좋겠다는……."

"……."

"채 선생님 얘기를 듣고는 또 그래요. 선생님께 진찰이라도 한번 받아봤으면… 하지만 아버지 의사가 강하다 보니……."

"부장님."

경청하던 윤도가 고개를 들었다.

"예."

"죄송하지만 저는 신이 아닙니다. 병이 들어 신음하는 사람은 고칠 수 있지만 천수를 누리고 노환으로 죽어가는 분은⋯⋯."

윤도가 선을 그었다.

"압니다. 하지만 오늘 일을 또 보니 어쩌면 선생님이라면 한순간 정도는 기적을 불러오실 것도 같아서⋯⋯."

"부장님."

"이성으로는 저도 불가능하다는 거 압니다. 하지만 아내 입장에서는 시도라도 해보면 자식 도리를 다했다는 위로가 될수도 있을 거 같아⋯⋯."

"⋯⋯."

"결혼 안 해보셔서 모르시죠? 이런 일은 평생 바가지로 작용할 수도 있거든요."

이진웅이 웃었다. 어쩐지 쓸쓸함이 묻어나왔다.

"진료비는 최대한 생각해 드리겠습니다. 만약⋯ 만에 하나 한순간이라도 정신이 돌아올 수 있다면⋯ 그때는 아내가 자기 지분의 풍용푸드 주식 일부를 잘라 드릴지도 모릅니다."

"봐드리죠."

"예?"

"시간 비워서 연락드리겠습니다. 보는 거야 큰 수고가 드는게 아니니 진료비는 이 식사로 갈음하시면 될 것 같습니다. 그러니 돈 얘기는 하지 마십시오."

"선생님!"

"제가 자선사업가는 아니지만 모든 일을 돈과 결부하지는 않습니다."

"미안합니다. 저는 그냥……"

"식사하시죠. 음식 다 식겠습니다."

"알겠습니다. 아내에게 잠깐 전화 좀 하겠습니다. 굉장히 좋아하겠네요."

이진웅은 반색을 하며 핸드폰을 집어 들었다.

사실 이날의 윤도는 이 문제를 크게 생각하지 않았다. 늙어서 죽어가는 사람까지 살릴 수는 없기 때문이었다. 하지만 이 선택이 얼마나 빛나는 선택이 될지 이날의 윤도는 알지 못했다.

오라개발 오 이사와 정 대리의 치료는 윤도에게도 터닝 포인트를 안겨주었다. 응황 때문이었다. 신약의 개발은 과연 쉬운 게 아니었다. 흡사 손에 쥐면 빠져나가는 안개 같았다. 공통분모를 찾았나 싶으면 살짝 비껴가고 벗어났다.

A 타입의 활성 농도가 잘 듣는 아니가 있는가 하면 B 타입에 맞는 아이가 있었다. 신장 기능을 강화하면 폐의 작용, 폐의 기능을 강화하는 약재 성분 비율을 올리면 비장이 주춤거리는 식이었다. 그걸 넘어가게 해준 게 응황이었다.

산해경의 웅황.

온갖 독을 밀어내고 몸을 가뜬하게 해준다. 현대의 웅황과
는 아주 다르다. 그러나 현대의 웅황도 쓸모없는 돌덩어리는
아니었다. 동의보감에 올라간 족보 있는 약재기 때문이었다.
산의 양지 쪽에서 캔 것은 웅황이고, 음지 쪽에서 캔 것은 자
황이다. 본초강목에도 출연하는데 깨끗하고 투명하면 웅황이
고, 겉이 검은 것은 훈황이라 명하고 있다.

효능은 피부 개선과 피부가 헌 데 사용한다고 나온다. 가래
를 삭히고 벌레를 죽인다. 사기를 없애고 버짐에도 쓴다. 주의
점은 산해경의 웅황과 달리 비소가 함유되어 있다는 것. 하지
만 그걸 분리하는 법제는 얼마든지 가능했다. 법제의 달인 진
경태는 괜히 있지 않았다.

하지만 그 생각은 곧 장벽을 만났다.

웅황=비소.

진경태가 문제점을 짚어주었다. 법제로 비소를 없애면 문제
가 되지 않는다. 하지만 한국의 소비자들의 정서는 그렇지 않
았다. 혹시라도 비소 운운하는 말이 나오면 바로 철퇴를 맞을
수 있었다.

"……!"

윤도의 맥이 풀릴 때 진경태가 다른 대안을 내놓았다. 유황
오리였다. 웅황의 주성분도 황, 그렇다면 인체에 유익하다는
유황은 어떨까? 그거라면 오히려 소비자들의 감수성까지도

살 수 있었다. 윤도는 유황 오리 쪽으로 원료를 틀었다.

류수완의 협조도 큰 도움이 되었다. 결국 윤도와 개발 협정 계약을 체결한 류수완, 걸핏하면 약제실에 들러 개발에 대한 조언을 잊지 않았다.

거기에 진경태의 노력이 더해졌다. 뚝심의 진경태는 마침내 웅황의 대안으로 내세운 유황 오리에서 활성 물질을 분리해 냈다. 생약과 분자한의학적 방법으로 엮어낸 쾌거였다. 활성 검색과 작용 기전의 규정도 밝혔다. 독성 안정성도 문제가 없었다.

다시 세팅된 약성 물질로 탕제를 만들었다. 환자의 증세 정도에 따라 농도 조절을 했다. 결과는 좋았다. 탕제를 먹은 환자들이 3일 안에 일제히 호전을 보인 것이다.

'나이스.'

윤도가 쾌재를 불렀다. 비 온 뒤에 땅이 굳는다더니 어린아이들을 위해 시작한 신약 개발은 이제 사정권에 있었다.

비가 오는 목요일, 윤도의 한의원은 여전히 붐볐다. 아무리 예약제를 강조해도 막무가내 환자들이 있었다. 경중을 보아 눈치껏 진료를 해주어도 수효는 줄어들지 않았다.

좌골 신경통 환자를 원샷 장침으로 일어나게 했을 때였다. 간호사 배연재가 침구실로 들어섰다.

"원장님."

"배 샘, 왜?"

"밖에 좀……."

"왜? 또 막무가내 환자야?"

"그게 아니고……."

연재가 말을 아꼈다. 시침을 마친 윤도가 한약 처방을 내고 대기실로 나왔다.

"안녕하세요?"

"아이고, 원장님……."

대기하던 환자들이 인사를 전해왔다. 윤도는 그 인사를 하나하나 다 챙겨 받았다. 환자들에게 필요한 건 병이 낫는 것이었다. 그다음은 관심이었다. 관심을 주지 않아도 병을 고쳐주면 환자들이 온다. 하지만 그런 한의사는 오래 기억하지 않는다. 고맙지도 않다.

"저 돈 벌어 처먹자고 한 짓이지."

그렇게 치부하는 환자들이 많았다. 윤도는 괜히, 침 잘 놓고 뒤통수를 맞고 싶지 않았다.

"저기……."

현관으로 나온 연재가 주차장을 가리켰다.

"……!"

거길 바라본 윤도가 소스라쳤다. 태산처럼 앞을 가로막은 버스 때문이었다. 버스는 장례차였다.

"장례차가 왜?"

윤도가 연재를 바라보았다. 그사이에 유족 한 사람이 다가왔다.

"이분이 원장님이세요."

연재가 윤도를 가리켰다. 그러자 유족이, 대뜸 허리부터 조아렸다.

"무슨 일이신지?"

윤도가 물었다.

"죄송합니다. 원장님. 실은 어머니 유언이 있어서……."

"유언이라고요?"

"저희 어머니가 돌아가시기 직전 흉통이 심했습니다. 그래서 원장님 장침 한번 맞기가 소원이었는데 다 늙으신 데다 저희가 맞벌이라 묵살해 버렸죠……."

"……."

"동네 할머니들에게도 버릇처럼 말씀하셨더군요. 단 하루라도, 단 한 숨이라도 흉통 없이 숨 쉬다 죽었으면 좋겠다고… 여기 장침 맞으면 그럴 것 같은데 늙어 짐 덩어리다 보니 갈 수가 없다고."

"……."

"어제 장례식장에서 동네 어르신들이 이구동성으로 말씀하시니 어머니 말씀이 떠올라… 마지막 가는 길에 한의원하고 원장님 얼굴이라도 보게 해드릴까 싶어서 이렇게 무례하게……."

유족이 부스럭 뭔가를 꺼내 보였다. 할머니의 메모였다.

일침한의원 장침 한번 맞아봤으면.

삐뚤빼뚤 눌러써진 글자. 그걸 본 윤도는 숨이 터억 막혀왔다. 인생의 마감을 앞둔 병자와 노환의 어르신들. 그 단 하루의 소원… 그걸 생각하니 말문이 막히는 윤도였다.

"죄송하지만 선생님이 쓰시는 장침 하나 얻을 수 있을까요? 돈은 얼마든지 드리겠습니다."

"장침……."

"어머니를 매장하게 되었습니다. 흙 덮을 때 관에 꽂아드리려고… 거기서나마 아프지 마시라고……."

설명하는 유족의 눈에서도 빗물이 나왔다. 기꺼이 장침 한 세트를 내주었다. 봉투는 받지 않았다.

"고맙습니다. 고맙습니다."

장례차가 머리를 돌려 빠져나갔다.

"배 샘, 눈에 빗물 튀었네."

연재에게는 티슈를 뽑아주었다. 그 빗물이 연재 눈에만 튀었을까? 윤도 역시 돌아서며 남 몰래 눈시울을 붉혔다. 장침이 아무리 영험하다 하더라도, 모든 사람을 구할 수는 없었다. 세상에는 아픈 사람이 너무 많았다.

"……!"

원장실로 향하던 윤도가 걸음을 멈췄다. 바닥에 떨어진 과자 봉지 때문이었다. 풍용푸드의 제품이었다.

'아, 지 회장님.'

장례차와 풍용푸드 포장지를 보자 이진웅이 떠올랐다. 아차 싶었다. 그날 약속을 하고는 까마득히 잊어버린 것이다. 그럼에도 이진웅은 재촉 한번 하지 않았다. 그래서 더 미안했다.

"여보세요."

다음 환자가 들어오는 사이에 전화를 걸었다. 오늘은 가봐야겠다고 생각하는 윤도였다.

2. 혼신 장침,
저승행 열차를 세우다

좌아아!

오후 5시, 비는 그치지 않았다. 오히려 점점 더 드세졌다. 시동을 끄려다 윤도는 알았다. 한의사 가운 그대로라는 걸.

'푸읍!'

혼자 살짝 뿜었다. 그러고 보니 점심도 대충 먹은 날이었다. 그나마 진경태가 보조를 맞춰줘서 혼밥은 면했다. 환자가 늘면서 일은 더 많아졌다. 신약 개발까지 더한 결과였다. 환자도 그렇지만 약재 감별과 납품 확인도 일이 많았다. 진경태가 알아서 하지만 윤도의 관심 때문이었다.

"아저씨 도와줄 사람 하나 더 쓰세요."

결국 진경태에게 구인을 지시하게 되었다.

윈도우 브러시는 빗물에 허덕였다. 네비게이션에서 안내 종료를 알려왔다. 지창용 회장의 저택이었다.

'응?'

침통을 챙기려던 윤도 시선이 대문으로 향했다. 거기 우산이 두 개 있었다. 실루엣만으로도 그가 누군지 알 것 같았다. 이진웅과 그 아내였다.

딸깍!

문을 열자 이진웅이 우산을 받쳐주었다.

"고맙습니다."

사양해도 소용없을 것 같아서 친절을 수용했다. 아내가 빗속에서 인사를 해왔다. 재벌가의 여자답지 않게 단정하고 소탈한 차림, 지상에서 가장 극진한 자세였다.

"와주셔서 감사합니다."

그녀가 첫마디를 꺼냈다.

"아닙니다."

"이쪽으로 오시죠."

그녀가 앞서 걸었다. 문은 자동으로 열렸다. 현관에 들어서자 그녀의 오빠와 남동생 부부가 보였다. 그들 역시 정중한 목례로 윤도를 맞았다.

"이 방입니다."

그녀가 거실 옆의 방을 가리키자 상주 간호사가 문을 열었다. 지창용 회장은 침대에 있었다. 산소마스크를 착용한 몸이었다. 하얗게 뜬 얼굴은 생기가 하나도 없었다. 오랜 병구완으로 방 안 가득 서린 칙칙한 주검의 향. 얼핏 보아서는 사람인지 마네킹인지 구분이 안 갈 정도였다.

"아버지."

그녀가 무릎을 접고 지 회장 손을 잡았다. 지창용의 시선은 여전히 허공이었다.

"제가 말씀드렸던 한의사 선생님이 오셨어요. 아버지 옛날에 이천에서 침 한 방으로 가슴 병을 고쳐준 명의가 그립다고 했잖아요? 그분보다 나은 분이세요."

이천의 침 명의는 누굴까? 한의사다운 호기심이 솔깃했다.

"……."

지창용은 대답이 없다. 뒤에서 지켜보는 이진웅은 고개를 떨군 채 숨을 죽였다.

"한번 봐도 될까요?"

윤도가 말하자 그녀가 자리를 비켜주었다. 윤도가 다가섰다. 방 안에는 오빠와 남동생 부부까지 들어와 있었다.

92세.

어찌 보면 천수를 누렸다. 하지만 가진 게 많은 재벌. 어찌 목숨을 놓고 싶을까? 지창용 회장 정도라면 그 옛날 진시황 부럽지 않을 자리였다. 저 바다 건너 어느 섬에 불로장생약이 있다면, 저 화성에 치료제가 있다면 몇천억을 들여서라도 사신을 보낼 것 같았다.

"……!"

맥을 짚은 윤도 시선에서 힘이 빠졌다. 예상대로 맥을 짚을 것도 없었다. 저승에 한 발이 들어간 상태였다. 다만 좋은 약과 의료 기구 덕분에 '연명'하고 있을 뿐이었다.

'틀렸어.'

윤도 혼자 고개를 저었다. 희망이 있다면 조금이라도 애써 볼 생각이었다. 그건 한의사의 의무이자 긍지였다. 하지만 이 환자는 아니었다.

"죄송하지만……."

윤도가 돌아섰다. 뒷말은 '늦었습니다'로 준비되어 있었다. 하지만 그 말을 할 수 없었다. 이진웅의 아내가 느닷없이 무릎을 꿇어버린 것이다.

"사모님……."

놀란 윤도가 그녀를 잡았다.

"어려운 거 압니다. 하지만 저희 아버지를 외면하지 말아주세요."

"사모님……."

"더도 바라지 않습니다. 딱 하루만… 아니, 그것도 안 되면 딱 한 시간만이라도 안 될까요? 설령 마약을 쓰더라도 문제 삼지 않겠습니다. 그저 우리 아버지, 저분의 필생의 꿈이 이루어지는 광경을 제정신으로 보고 갈 수만 있도록……."

"부탁합니다!"

뒷줄의 오빠가 동참을 했다. 옆에 있던 이진웅까지도 고개를 숙였다. 윤도 하나를 둘러싸고 애원의 포위망이 형성된 방. 윤도는 입안에 든 말을 차마 꺼내놓지 못했다.

"이제 곧 메인 빌딩이 완공됩니다. 그 장면을 아버지가 보시면 우리 소원이 더는 없을 것 같습니다."

"사모님, 하지만 환자의 상태가……."

"알고 있습니다. 잘못된다고 해도 원망하지 않을 겁니다. 주치의께서도 한 달을 못 넘길 거라고 하셨습니다. 그러니 제발……."

"이 부장님."

"부탁드립니다."

윤도는 이부장에게 진정을 요청했지만 그 대답 역시 그녀의 소망을 벗어나지 못했다. 별수 없이 한 번 더 진맥을 하게 되었다. 한 번 더 고개를 저었다.

'산해경.'

부득 영약 쪽으로 틀었다. 노화로 인해 온몸의 기능이 바닥으로 떨어진 육체. 오장육부에 남은 기혈이 티끌이니 침만으로는 무리였다.

산해경이라면 물론 해결책이 있었다.

하나는 대황남경 무산에 있는 8개 천제의 방. 그 안에는 불사약이 있다. 호기심에 집어내려 했던 윤도. 그러나 불사약을 지키는 가공스러운 불침번, 황조 때문에 범접도 못 했다. 그건 허용된 약이 아닌 것 같아 그 후로 욕심내지 않았던 윤도였다. 불사는 의술의 범주가 아니었다.

또 하나의 불사약은 해내서경에 있는 개명의 동쪽이었다. 거기 무팽과 무지, 무양과 무리, 무범과 무상으로 불리는 신의(神醫) 여섯이 모두 불사약을 지니고 있다.

여섯 신의.

숫자가 위안을 주었다.

'만약 그중 하나를 구할 수 있다면.'

지창용 회장은 살 수 있었다.

하지만!

윤도가 고개를 저었다. 그 약은 불사(不死)였다. 그 말은 곧 지 회장이 죽지 않는다는 걸 의미했다. 그건 의술에 허용된 일이 아니었다. 한 인간이 영원히 죽지 않는다면? 예를 들어 지 회장이 깨어나 엘프나 드래곤처럼 천 살까지 살고 만 살까지 산다면?

윤도가 고개를 저었다.

재앙이다.

그 일어나서는 안 될 일을 위해 윤도를 허용하지 않은 황조가 분명했다.

지 회장은 필요하고 산해경은 거부한다.

약이 있으되 욕심낼 수 없는 상황이었다.

지 회장.

보아하니 세 남매는 반듯하게 자랐다. 속사정은 모르지만 지 회장이 이런 지경인데도 재산 분쟁 같은 뉴스는 나오지 않았다. 그렇다면 이 사람들, 그동안 얼마나 노력을 했을까? 아버지를 구하기 위해서…….

"사모님."

"네, 선생님."

"혹시 그동안 회장님이 드신 약을 알 수 있을까요?"

"병원 처방 말인가요?"

"아뇨. 처방 외에… 따로 구해주신 거 없으신가요?"

"있… 어요."

이진웅 아내의 대답은 다소 주저가 있었다. 재벌가의 사람들. 돈이 아쉬운 건 아니니 공식 비공식 진료를 다 받았을 일이었다. 전담 간호사가 진료일지를 가져왔다. 공식 처방 외에 수많은 영약들이 있었다. 산삼에서 최상품 노루궁뎅이버섯까지. 다른 나라의 진귀한 약재들도 빼곡했다. 그중에서 웅담이 눈에 띄었다.

다른 것도 그렇지만 구하기 힘든 약이었다. 어떻게 구했을까?

"중국과 러시아 주재원들에게 부탁해서 구해왔어요. 몇 번이고 실패한 끝에 겨우 두 개를……."

그녀가 대답했다.

"네⋯⋯."

여러 번 시도 끝에⋯ 그 말이 심장 깊숙이 박혀왔다. 세상에 돈으로 안 되는 일이 있을까? 어쩌면 하나도 없을 것 같지만 의외로 많았다. 진품 응답 또한 그 범주에 있었다.

"부탁드립니다."

다시 간청 공세가 나왔다. 윤도가 고개를 젓기 전이었다.

'할 수 없지. 일단 시도는 해보는 수밖에⋯⋯.'

장침을 넣었다. 양 손바닥 끝이었다. 거기로 들어간 장침이 네 혈을 동시에 꿰었다. 태능혈에서 시작해 내관혈, 간사혈을 지난 침 끝이 극문혈에 닿았다. 심장에 기를 넣는 일침사혈이었다. 동시에 말초 순환의 자극이었다. 침감은 전에 없이 강력했다.

원래는 약한 침감으로 찔러야 하는 환자. 하지만 그 정도로는 간에 기별도 가지 않을 일이었다. 보통 사람이라면 심장까지 도달해야 하는 침감. 하지만 지 회장에게는 겨우 팔꿈치부위까지 올라가는 것도 허덕거렸다.

'역시⋯⋯.'

고개를 젓고 다른 방도를 찾았다. 이번에는 각 혈자리의 모혈들이었다. 차곡차곡 찌르며 기혈 흐름을 보았지만 반응은 미미하고 또 미미했다. 슬프게도 이 침은 그저 세 남매를 위한 위로에 불과했다. 지 회장의 목숨은 마감 직전. 여명에 불과했다.

이제 남은 건 산해경뿐이었다.

마음을 정리했다. 세 자녀의 성의를 봐서 산해경을 열어볼 생각이었다. 만약 불사약이 허용된다면, 그럴 리 없지만 허용된다면 그 또한 하늘의 뜻으로 생각했다.

"내일 다시 오겠습니다."

인사를 마치고 밖으로 나왔다. 이진웅과 아내는 차까지 따라 나왔다. 오빠와 남동생 부부들도 대문까지 나왔다. 여섯 사람이 나란히 윤도에게 인사를 했다.

촤아아!

비는 여전히 그치지 않았다.

"아유, 우리 채 의원 얼굴 보기 힘드네."

나흘 만에 돌아온 집, 어머니가 타올을 건네주며 애달픔을 토로했다.

"죄송해요. 워낙 환자들이 밀려서……."

윤도는 얼굴의 물방울을 닦았다.

"죄송은, 엄마가 아무 도움도 못 주니까 그렇지."

"개시를 잘해주셔서 대박인데 그보다 더 어떻게 도와요?"

"말이라도 고마워."

"아버지는요?"

"그 양반은 일에 미친 사람 아니니? 괜찮은 기회가 있을 거 같다면서 너처럼 날밤이다. 이러다 생과부 되게 생겼어."

"아버지가 너무 무리하지는 마셔야 할 텐데……."

"밥 먹어. 고등어 식겠다."

어머니가 고등어구이를 내밀었다. 기름이 쏙 빠지게 구워져 풍미가 좋았다.

샤워를 마치고 방으로 돌아왔다. 방 안 역시 한의원의 약제실과 크게 다르지 않았다. 어디서고 눈만 뜨면 신약과 침술 연구에 몰두하는 윤도였다.

세상의 시각이란 참 달랐다. 갈매도의 일이 생각났다. 윤도의 사수 이창승. 처음 윤도가 한의서를 어질러놓고 공부하자 빈정을 날려 왔었다.

"꼭 초짜들이 표시를 내요."

하지만 지금 윤도를 보는 평가는 180도 달라졌다.

"이야, 역시 명침은 공부에서 나오는 거로구나."

며칠 전 다녀간 동창의 말이었다. 그는 지방 한방병원에서 인턴 과정을 밟고 있었다. 어떻게 이렇게 다를 수가 있을까?

숨을 돌리고 의서를 뒤졌다. 천수를 다한 노인을 살리는 비방. 윤도에게는 그게 필요했다. 하지만 어찌 보면 그 말도 틀렸다. 지 회장은 이미 천수 이상을 살고 있다고 보는 게 옳았다.

'약속은 약속이니…….'

신비경을 꺼내 들었다. 산해경을 펼쳤다. 한번 가 본 적이 있는 대황남경의 무산이었다. 서쪽으로 방향을 잡았다. 여덟 궁전은 그대로였다.

'꿀꺽!'

마음을 다잡았다. 아직도 뇌리에 생생한 가공의 불침번 황조… 보는 것만으로도 십 년은 감수할 것 같지만 별수 없는 일이었다.

두근.

쿵당거리는 심장을 달래며 거울을 비쳤다.

쒸엑!

바람 소리와 함께 황조가 강철의 부리로 쪼았다.

"……!"

비명도 없이 물러났다. 이 공포는 면역도 되지 않았다. 지난번보다 더 오싹한 느낌이었다. 두 번을 더 시도했다. 그때마다 윤도는 기겁을 하며 물러설 뿐이었다. 전략을 바꿔 후미의 방을 노렸다. 하지만 무산의 검은 뱀을 막기 위해 혈안이 된 황조는 한 치의 틈도 없었다. 전시안이라도 가진 모양이었다.

신선의 파수꾼 황조가 지키는 여덟 방 안의 불사약. 구경도 못 했지만 포기하는 수밖에 없었다. 환자 치료도 중요하지만 손가락을 잃을 수는 없었다.

'포기!'

신의 뜻으로 알았다. 윤도가 산해경을 옆으로 밀었다. 그때 책이 다른 의서의 모서리에 걸리면서 바닥으로 추락했다. 윤도가 집어 올렸다.

"……!"

손에 잡힌 산해경의 내용. 하필이면 해내서경이었다. 하필이면 봉황과 난새가 무리를 이루어 날고 있는 개명이었다. 신성한 새들은 모두 흰 뱀을 등에 태우고 날았다. 어디로 가는 걸까? 호기심에 새 무리를 따라 신비경을 비추었다. 새들은 동쪽으로 날다 땅 위에 내렸다. 거기 가물거리는 안개를 밟고 선 여섯 신의(神醫)의 자태가 보였다.

'아!'

저절로 경탄이 나왔다. 여섯 신의는 모두 청랑서를 들고 청랑박을 차고 있었다. 청랑박에서는 신이한 빛이 나온다. 그 청랑박에 불사약이 들어 있었다.

여섯 신의는 죽어가는 환자를 보고 있었다. 환자는 놀랍게도 이무기의 몸에 사람의 머리가 달린 모습이었다. 신의들은 돌아가면서 불사약을 뿌렸다. 온몸에 고루 뿌리고 마지막은 얼굴이었다. 환자에게 달려오는 죽음을 몰아내는 것이다.

불사약.

피가 멎는 것 같았다.

오장이 쪼그라드는 것 같았다.

인간이 그토록 원하는 불사약. 그 불사약의 사용 현장을 보게 되다니.

윤도는 숨을 죽였다. 침조차 넘기지 않았다.

봉황과 난새가 태워온 백사들이 환자의 몸으로 몰려들더

니 환자 몸을 덮었다. 환자는 마치 백의를 입은 듯 하얗게 변했다. 그 틈새가 빈 곳이 없자 신의들이 한 발 물러섰다. 환자 얼굴에 화색이 돌기 시작했다.

"내 불사약 통이 비었군."

북쪽 방위에 버티고 있던 신의, 무팽이 말했다.

"제 박은 너무 오래되어 속이 삭았는지 아까부터 바닥입니다."

서쪽의 무양 역시 청랑박을 흔들어 보였다. 그가 청랑박을 거꾸로 하자 한두 방울이 대지에 떨어졌다.

"뱀족의 제사장은 살았습니다. 불사약을 채우러 가시죠."

마지막 방위에서 무상이 고개를 숙였다.

"그보다는 가서 선주(仙酒)나 한 사발들 하세."

무팽이 수염을 쓸며 말했다. 여섯 신의는 뱀 인간을 내려다 보더니 바람을 타고 날아올랐다. 뒤를 이어 봉황새와 난새들도 하늘로 멀어졌다.

그제야 흰 뱀들이 환자에게서 내려왔다. 정신이 돌아온 환자가 몸을 일으켰다. 그의 몸뚱이는 뱀에서 사람의 형체로 바뀌어갔다. 흰 뱀들 역시 날렵한 사람으로 변했다. 사람들은 제사장을 모시고 신단으로 옮겨갔다. 모든 것이 한 편의 영화 같았다.

상황이 정리되자 안개가 차츰 걷혔다. 순간, 윤도의 눈이 대지에 고정되었다.

'저건⋯⋯.'

윤도는 숨을 쉴 수 없었다. 안개 속에 드러난 청랑박 때문이었다. 무양이 거꾸로 들었던 그것이었다. 오래된 청랑박이기에 버리고 간 모양이었다.

'잡힐까?'

손을 내미는 척추에 미칠 것 같은 긴장감이 맺혀왔다. 손끝이 떨렸다. 그 끝이 청랑박에 닿자⋯ 청랑박이⋯ 잡혔다.

'으헉!'

놀란 윤도가 엉덩방아를 찧었다. 청랑박이 허공에 떴다. 이제는 현실의 윤도 방이었다. 거꾸로 기우는 그 박을 온몸을 던져 받아냈다.

쿵!

머리부터 벽에 닿았다. 그래도 다행히 청랑박은 건졌다.

'후우⋯⋯.'

멸균된 샘플통을 열었다. 내용물이 있을까? 혹시 단 한 방울이라도? 지구를 구하는 심정으로 청랑박을 기울였다. 그저 오래된 조롱박처럼 생긴 청랑박. 한참을 기울여도 나오는 게 없었다.

'없는 건가?'

갈등이 살짝 솟구칠 때였다. 박의 목 언저리에 반짝이는 물기가 보였다.

'있다!'

늘어지던 긴장감이 폭발하기 시작했다. 그 기대감을 안고 물방울이 떨어졌다.

톡!

톡!

딱 두 방울이었다. 그러자 청랑박은 놀랍게도 안개로 변해 사라져 버렸다. 놀란 윤도가 재빨리 샘플병을 보았다. 다행히 물방울은 그대로 있었다.

두근!

윤도는 처음엔 감히 분석기를 가동하지 못했다.

불사약……

꿈이나 꾸던 약이었을까?

전설 속에서나 듣던 약이 손에 들어왔다. 하지만 고작 두 방울… 오래 참지 못했다. 맹렬한 호기심이 윤도를 잠식한 것이다.

'분석.'

두 글자를 마법처럼 외웠다.

[원산] 산해경.

[약재 수령] 19,365년.

[약성 함유 등급] 측정 불가.

[중금속 함유] 무.

[곰팡이 독소] 무.

[약재 사용 유무] 가능.

[용법 용량] 인체를 6등분하여 한 번에 여섯 방울씩 뿌린다. 마지막으로 눈, 코, 입의 구멍에 한 방울씩 적하하면 영생을 누릴 수 있다.

[약효 기대치] 측정 불가.

"……!"

분석을 마친 윤도가 풀썩 무너졌다. 용량 때문이었다. 6등분에 여섯 방울이니 6×6=36 방울, 거기에 더해 눈, 코, 입의 구멍이라면 2+2+1=5이니 도합 41방울이 필요했다. 그러나 윤도에게 주어진 건 단 두 방울.

'쉿!'

머리가 하얘지는 윤도였다.

두 방울…….

샘플병 속에 든 두 방울.

어떻게 하면 잘 썼다고 소문이 날까? 침대에서 벽에 등을 기댄 윤도는 까맣게 밤을 새우고 있었다. 우연히 불사약을 얻었다. 그러나 애석하게도 단 두 방울이었다.

'성분 분석.'

답은 하나였다. 불사약의 성분을 분석하는 것이었다. 그리하여 가장 유사한 성분을 찾아 지 회장의 모든 모혈에 약침으로 넣는 것. 설령 수포로 돌아간다고 해도 성분 분석은 남느다. 그렇다면 언젠가 명약을 개발하는 데 커다란 재산이 될 것 같았다. 썩어도 준치이니 불사약이라면 불치병 정도는 낫게 해주지 않을까?

이른 새벽, 어머니 몰래 문을 닫고 거실을 나섰다.

부릉!

단숨에 시동을 걸었다.

"……!"

"……!"

진경태의 눈이 우묵하게 깊어졌다. 윤도의 눈도 한없이 깊었다.

"다시 한번 해보세요."

윤도가 분석기가 토한 결과지를 보며 말했다.

"하지만 샘플이……."

진경태가 실험 튜브를 들어 보였다. 분석을 위해 넘겨준 한 방울. 희석법을 썼건만 남은 양은 거의 없었다.

"딱 한 번 분량입니다. 원장님이 해보시죠."

진경태가 마이크로 파이펫을 넘겼다. 1,000분의 1ml까지 취할 수 있는 파이펫이었다.

'후우……'

떨리는 손을 감추며 샘플을 취했다. 청량박에서 나온 불사약. 분석기에 기대를 걸었지만 나오는 게 없었다. 벌써 네 번째 그랬다.

반응액을 떨구었다. 대조액도 떨구었다. 대조액은 노랑색을 띄지만 샘플은 무색이었다.

지잉!

분석 버튼을 눌렀다. 런닝 타임은 고작 10분 안쪽. 그 시간 동안 시선이 떨어지지 않았다. 처음에는 진경태의 실수로 생각했었다. 산삼이든, 사향이든, 웅담이든… 기존 약재에서 나오는 성분들의 하나가 기가 막힌 농도로 나올 걸로 생각했던 청랑박의 불사약. 분석표 가득 '분석 불가'를 달고 나온 것이다. 기본 물질부터 그랬다.

"반응이 안 일어났나 본데요?"

진경태가 기존 반응 시간을 두 배로 늘렸다. 처음보다 신중하게 분석기로 들어갔다. 결과는 같았다.

두 번째 실패.

이때까지도 방법이 있을 거라 생각했었다. 다른 영약 때문이었다. 산해경의 다른 영약들은 약성 분석이 되었다. 다만 현존하는 약재와 비교 불가로 우월한 성분 함량이었다. 하지만 이 경우에는 무엇도 나오지 않는 것이다.

10분.

그 어느 날보다 초조했다. 보다 못한 진경태가 오미자 끓인 차를 내밀었다. 아무 생각 없이 원샷해 버렸다.

"푸읍!"

너무 뜨거워 뱉어버렸다.

"원장님."

"괜찮습니다."

찬물 한 컵을 다시 마셨다. 그래야 지난 시간은 꼴랑 3분이었다. 한참 후에 시계를 보지만 겨우 4분… 그 10분은 거의 일 년처럼 길었다.

"나옵니다."

분석기의 알람과 함께 진경태가 말했다. 윤도의 시선은 이미 분석기의 화면에 있었다.

지이잉!

프린터를 통해 분석 결과가 출력되고 있었다. 윤도는 움직이지 않았다. 결과는 이미 보였다. 화면에 보이는 붉은색의 '측정 불가'였다. 알람은 명심하라는 듯 깜빡거렸다. 진경태가 다가가 화면 알람을 꺼버렸다. 고문이 아닐 수 없었다.

분석 불가.

분석기는 고장이 아니었다. 대조 용액은 분석기의 성능을 고스란히 보여주었다. 무엇 하나 놓치는 게 없는 초정밀 분석이었다.

"더 할까요?"

진경태가 물었다. 그의 시선은 남은 한 방울에 가 있었다. 희석법을 사용하면 다시 5회 정도는 분석이 가능했다.

"아닙니다."

윤도가 고개를 저었다. 산해경이 허락하지 않던 최상의 영약, 불사약. 어렵게 그걸 얻었다. 그러나 양이 작았다. 성분이라도 분석해 두면 나중에라도, 유사한 성분을 찾거나 혹은 과학의 힘으로 합성할 수도 있을 거라고 생각했었다.

하지만.

결과는 이랬다. 분석이 되지 않음으로써 윤도에게 기막힌 고민거리를 던져주고만 것이다.

분석 불가.

두 가지로 생각할 수 있었다.

첫째, 양이 모자라므로 유효 약성을 내지 못해 의미가 없는 약이다.

그렇다면 이건 불사약으로서 작용하지 않는다.

둘째, 하늘이 인간에게 영생을 허락하지 않기에 분석 자체가 불가능하다. 이건 인체의 기를 생각하면 어렵지 않았다. 기라는 건, 분석할 수 있는 게 아니었다.

이 경우라면 불사약의 효능 자체는 기대가 가능했다.

남은 한 방울을 들어보았다. 이제는 정말 두 눈 부릅뜨고 봐야 확인될 미량이었다.

"도움이 못 돼 죄송합니다."

진경태가 웃었다.

"아뇨. 괜히 새벽부터 요란을 떨어서 죄송합니다."

"특별한 지장수인가요?"

"그렇죠. 아주 특별한."

"주위들은 말인데 신선의 물은 분석이 안 된다고 하더군요. 그건 하늘이 허락하는 게 아니라고."

"알겠습니다."

위로를 받고 원장실로 돌아왔다. 시간은 겨우 아침 7시를 지났다. 지 회장을 떠올렸다. 그는 아침을 맞았을까? 이렇게 싱싱한 아침이 새로운 날인 줄 알고는 있을까?

불사약.

인간적으로 갈등이 많았다. 첫째는 분량 부족이었다. 어떤 약이 유효 성분으로 작용을 하려면 그만한 농도나 양이 필요했다. 그렇지 않으면 작용점에 도달하지 못한다. 그렇기에 이론적으로는, 이 한 방울은 수돗물 한 방울과 같았다. 양의 절대 부족 때문이었다.

하지만 썩어도 준치라는 말이 있었다. 그래도 불사약이었다. 비록 한 방울이지만 생명의 혈자리에 들어가면 어떨까? 적정량을 먹으면 '불사'가 되지만 한 방울이면 한 시간은 살 수 있지 않을까 싶은 마음이, 생각 속에 들어왔다 나가기를 반복하고 있었다.

"아저씨."

윤도가 인터폰을 들었다.

—말씀하세요.

"시골에서 가져오신 산삼 말이에요."

—예······.

"그거 좀 약침용으로 부탁해요. 지금요."

지시를 하고 수화기를 놓았다. 그사이에 장침을 챙겼다. 확신은 없었다. 하지만 약속이었다. 더구나 지 회장에게 엿보인 사손맥··· 어차피 길어야 5일의 시간이 남은 목숨일 뿐이었다.

"······!"

윤도는 다시 맹렬한 침묵을 만났다. 지 회장의 저택이었다. 윤도의 연락을 받은 이진웅와 아내가 달려왔다. 그녀 남동생 부부도 자리를 함께했다.

"시침을 할 겁니다."

윤도는 어려운 설명을 남기고 있었다. 어차피 죽을 사람이라 해도 목숨은 고귀했다. 그렇기에 윤도 혼자 결정할 일이 아니었다.

"외람된 말씀이지만······."

주저하다 뒷말을 이었다.

"하루라지만 건강이 더 나빠지셨습니다. 게다가 어제 강침을 놓았기에 연이은 강침은 운명을 앞둔 분의 목숨을 당길 수도 있습니다. 그러니 시침 중에 회장님께서 운명할지도 모릅니다."

"······!"

가족들이 흠칫 흔들렸다.

"그래도 시침을 허락하시겠습니까?"

"허어!"

한숨은 아들 쪽이었다.

"어떻게 하시려는 건지?"

이진웅의 아내가 물었다.

"일종의 쇼크 요법이죠."

"쇼크 요법?"

"회장님의 혈자리 문은 다 닫혀가고 있습니다. 겨우 실낱 같은 틈만 남았습니다."

"……."

"그 문을 더 열어놓으려고 했지만 되지 않았습니다. 그래서 아예 닫으려고 합니다."

"닫는다고요?"

"열리지 않기에 닫습니다. 닫히는 반작용을 이용해 열어보려는 거죠. 이해가 될까요?"

"……."

"……."

"가능성을 묻는 건 어리석은 질문이겠죠?"

"맞습니다. 솔직히 저도 처음입니다."

"지 사장."

그녀가 남동생을 바라보았다.

"해주세요. 어차피 얼마 못 가신다고 했으니……."

혼신 장침, 저승행 열차를 세우다 47

가족의 승낙이 떨어졌다.

윤도는 처음처럼 진맥을 시작했다. 선입견은 내려놓았다. 내일 모레 죽을 지 회장이 아니라 그냥 한 사람의 환자라고 생각했다.

바른 맥은 잡히지 않았다. 처음부터 윤도를 후려친 건 진심맥의 꼬리였다. 뒤를 이어 진신맥도 나왔다. 그 뒤를 따라 오장의 진장맥이 죄다 출현했다. 인간의 몸에 있는 두 개의 불꽃. 군화와 상화가 동시에 꺼져가는 것이다.

'신의 영역을 넘보지 마라.'

운명의 경고로 들렸다. 이제는 발목 안쪽의 태계혈로 내려갔다. 충양혈도 짚었다. 삶의 근본은 선천 정수를 지니고 있는 신장이 주관한다. 그렇기에 태계혈이 뛰지 않으면 죽는다. 위장 역시 기의 원천이므로 충양혈을 체크해야 했다.

거기에 무혼맥이 보너스로 얹혔다. 무혼맥은 걸어다니는 시체로 불린다. 지 회장의 목숨은 어제보다도 더 위태로운, 바람 앞의 등불이었다.

'후우!'

윤도는 한숨을 아꼈다. 하지만 지 회장의 자녀들은 바보가 아니었다. 윤도의 행동만으로도 감을 잡는 그들이었다. 이진웅의 아내는 끝내 눈물을 떨구고 말았다.

불치와 난치병을 박살 내는 장침 명의 채윤도. 그가 망설이고 있다는 게 무엇을 의미하는 걸까? 그녀가 모를 리 없었다.

"한 분만 남고 잠깐 나가들 계십시오."

윤도가 몇 가지 약침 용액과 함께 장침을 꺼내놓았다. 시침은 기본부터 시작했다. 오늘 실패하면 다시 시도도 할 수 없는 일이었다. 그렇기에 기본부터였다. 각각의 모혈에 장침을 넣었다. 어떤 혈자리에는 호침도 한두 개씩 함께 넣었다. 혈자리가 유난히 작거나 다른 것보다 큰 것들이었다. 침을 넣는 데만도 한 시간이 넘게 걸렸다.

발침을 하고 다시 진맥을 잡았다. 맥은 변함없이 풍전등화였다.

바닥.

윤도는 지 회장 목숨의 침잠을 생각했다. 영면의 세계로 가라앉고 있는 진맥들… 이제는 극한의 방법밖에 남지 않았다. 실 줄기 목숨을 걸고 도박을 해야 하는 것이다.

산삼 약침을 준비했다. 태계혈과 충양혈에 꽂았다. 진경태의 산삼은 나쁘지 않았다. 요즘 흔한 산양삼 따위가 아니었다. 분석상으로 70년은 된 것으로 나온 자연 산삼 추출액. 그게 들어가자 두 원혈이 살짝 반응을 했다.

가장 가까운 모혈에서 신호를 보냈다. 지금까지 윤도가 하던 치료와는 반대의 시침이었다. 생명의 문을 여는 게 아니라 닫는 것이다.

오장의 문 하나가 완전히 닫히자 바로 반응이 왔다.

"선생님!"

이진웅의 아내가 신음 같은 소리를 냈다. 지 회장이 잘못되는 걸 아는 것이다. 윤도는 오직 혈자리에만 집중했다. 두 원혈을 조절해 닫힌 문을 밀었다.

'제발⋯⋯.'

하나에 또 하나. 두 개의 조화를 업고 닫힌 혈자리 문을 공략했다. 산삼 약침이다. 먼 옛날에는 죽은 사람도 살렸다. 그 산삼은 수천 년 묵은 것이었을까? 그래서 죽은 사람을 살렸을까?

70년 된 윤도의 산삼은 사위어가는 환자에게 역부족이었다. 미동이 일기는 했지만 문을 열지 못하는 윤도였다. 세 침을 다 뽑았다. 이제 지 회장의 얼굴에 죽음이 일부 내려와 있었다.

윤도 손이 불사약을 잡았다.

정량 미달!

그러나 이름하여 불사약.

현대 의학의 상상을 뛰어넘는 산해경산(産).

부탁해.

이분이 원하는 건 한순간이야.

영생이 아니라고.

많은 난치병과 불치병을 도와줬으니 한순간 정도는 허락할 수 있잖아?

숭고한 마음으로 장침을 넣었다. 오장육부의 모혈과 기타

주요 혈들이었다. 빈자리는 태계혈과 충양혈뿐이었다. 빼곡하게 침을 박고 말단 쪽에서부터 혈자리를 닫았다. 닫힌 문이 다음 문을 밀었다. 그 문이 닫혔다. 지 회장의 숨이 허덕이는 게 보였다. 원래도 시체에 가까운 호흡. 그 호흡마저 끊겨가고 있었다.

톡톡!

땀이 떨어졌다. 윤도의 이마와 등은 홍수가 내린 지 오래였다.

"아버지, 힘을 내세요."

이진웅의 아내 목소리가 떨렸다. 윤도의 손이 마지막 장침을 넣었다. 그 문마저 닫았다. 지 회장의 숨결이 멈췄다.

윤도 손이 불사약의 약침을 잡았다. 그대로 태계혈과 충양혈에 넣었다.

후웅!

불사약은 달랐다. 혈자리를 찾자마자 그 혈자리에 원기를 넣었다. 원기는 동심원을 그리며 사방으로 퍼졌다. 죽음의 호수에 던져진 생명의 파문 같았다.

후웅후웅!

성스러운 울림.

하지만!

지 회장의 숨결은 돌아오지 않았다. 오히려 까무룩 까무룩 목숨의 불에서 멀어졌다.

"아버지……."

그녀의 목소리도 함께 애달파졌다. 윤도가 맥을 짚었다. 일대 모험을 건 시침. 그러나 기대한 바는 일어나지 않았다.

"선생님, 아버지가 돌아가신 거 같아요."

그녀가 소리쳤다. 윤도는 대답하지 않았다. 이미 알고 있는 사실이었다.

"우리 아버지가 숨을 쉬지 않는다고요."

"……."

"선생님……."

"죄송합니다."

윤도의 고개가 떨어졌다. 역량 부족. 윤도의 장침으로도 극복할 수 없는 일 같았다. 어깨를 늘어뜨린 윤도가 지 회장 방에서 나왔다.

"선생님!"

이진웅과 아내의 남동생, 두 남자가 소리쳤다.

"지 사장, 오빠 불러."

따라 나온 이진웅 아내는 이미 눈물범벅이었다.

"누나……."

"아버지, 먼 길 떠나셨어. 빈소는 오빠가 정해야지."

"으아아!"

남동생이 울부짖으며 안으로 뛰었다.

"그럼 저는……."

윤도는 낮은 인사를 남기고 돌아섰다. 처음부터 어려웠던 일. 그럼에도 막상 현실이 되고 보니 마음이 아팠다.

"누나!"

윤도가 막 거실 문을 열려 할 때였다. 문을 박차고 나온 남동생이 절규 같은 목소리를 이었다.

"누나!"

"그만해. 아버지도 우리 마음 알 거야."

"그게 아니고… 아버지가 눈을 뜨셨어."

"응?"

"아버지가 눈을 뜨셨다고. 들어가 봐!"

"선생님!"

그녀의 시선은 윤도에게 향했다. 들고 있던 가방을 팽개친 윤도가 방으로 뛰었다,

"……!"

안으로 들어선 윤도는 숨이 멈췄다. 지창용 회장, 정말 눈을 뜨고 있었다. 그 우묵한 시선으로 윤도를 바라보고 있었다. 그야말로 별을 닮은 신선의 눈이었다. 그야말로 저승에서 살짝 외출을 나온 그 눈빛이었다.

윤도의 혼신 장침, 기어이 저승행 열차를 세우고 만 것이다.

'맙소사.'

재빨리 진맥을 잡았다. 진맥이 나왔다. 윤도 맥이 다섯 번 뛸 동안 딱 한 번이었다.

'오손맥······.'

윤도 머리카락이 쭈뼛 올라갔다. 조금 강하지만 오손맥 계열이다. 이 맥이 잡히면 하루를 넘기기 힘들다. 하지만 역으로 생각하면 지 회장에게는 축복 같은 오손맥이었다. 하루가 어딘가? 눈동자의 반응으로 보아 어쨌든 제정신이 돌아온 상황이었다.

서둘러 혈자리에 침을 넣었다. 남은 산삼 추출액을 전부 동원해 지원군으로 삼은 것이다. 불사약만은 못하지만 원기를 주는 데 도움이 되었다.

12경맥에 이어 기경팔맥까지 침을 넣었다. 작은 도랑의 물까지 생명의 기로 몰아주려는 것이다. 목숨 불꽃의 연료가 될 수 있는 거라면 뭐든 가리지 않았다.

신문, 내관, 백회혈에도 침이 들어갔다. 치매를 위한 장침이었다.

소록소록 피어난 기가 상화에 닿았다. 불꽃이 조금 커졌다. 지 회장의 몸이 꿈틀거리기 시작했다. 윤도 뒤의 사람들은 숨소리도 내지 못한 채 집중하고 있었다.

"수······."

"······."

"수혜야··· 상민아······."

마침내 지 회장의 입에서 이런한 목소리가 새어나왔다. 치매기는 거의 없었다. 닫혔다가 다시 세팅된 목숨. 거기에 더해 윤도의 치매 침이 가세하면서 효과를 본 것이다.

"아버지!"

두 자녀가 목을 메었다.

"상윤이는 어디 있느냐?"

"아버지……."

딸이 이진웅에게 무너졌다. 윤도가 발침하자 그녀는 아버지 품으로 달려들었다. 곧 이어 장남 부부가 도착했다. 그때까지도 지 회장의 의식은 문제가 없었다.

"아버지!"

마침내 장남도 아버지 품에 안겼다.

"하루라고요?"

거실에서 이진웅의 아내가 고개를 들었다. 윤도의 통보였다.

"서두르세요. 어쩌면 하루가 못 될지도 모르겠습니다."

"아아!"

장남과 남동생이 탄식을 쏟아냈다.

"죄송합니다. 제 실력으로는 여기까지……."

"아니에요. 오빠, 지 사장… 욕심내지 마. 이것만 해도 어디야? 채 선생님이 아니면 꿈도 못 꿨을 일이잖아?"

"하지만 막상 저렇게 정신이 돌아오신 걸 보니……."

"오빠……."

"알았다. 아버지에게 다시 주어진 하루, 지상에서 가장 빛나게 보내 드려야지."

"형, 스카이벨트 메인 빌딩 준공식은 오늘 하자고. 하루 이틀 앞당기는 거 큰 문제없잖아?"

"좋은 생각이다. 당연히 아버지에게 보여 드려야지."

"빨리 본사팀에 연락해. 당장 준공식 준비하라고."

"알았다."

장남이 핸드폰을 뽑아 들었다.

"김 부사장, 나 총괄사장입니다. 지금 당장 말이죠……."

장남의 지시가 숨 가쁘게 이어졌다. 그사이에 윤도는 차에 오르고 있었다. 할 일은 끝났다. 게다가 업무 시간을 훌쩍 넘긴 시간. 정나현에게 들어온 문자도 한두 통이 아니었다.

부릉!

시동이 걸릴 때 이진웅이 달려 나왔다.

"선생님."

"죄송합니다. 한의원에서 환자들이 기다려서……."

"그렇군요. 경황이 없어서 인사도 제대로 못 드렸는데……."

"회장님이 일어나신 게 큰 인사죠."

"선생님은 정말……."

"시간이 많지 않습니다. 제 신경 끄고 장인어른 챙기세요."

"그럼 살펴가세요. 곧 찾아뵙겠습니다."

이진웅이 깍듯이 고개를 숙였다. 윤도 차는 그대로 도로에 올라섰다. 저만치 고층 빌딩 위에 초대형 광고판이 보였다. 풍용푸드의 광고판이었다. 그 광고판 뒤로 햇살이 성성했다. 햇살도 지 회장의 하루를 축복하는 걸까?

그날.

지창용 회장은 준공식에 참석했다. 그의 가신들이 달려온 자리였다. 일부는 일본에서, 일부는 중국 법인에서 날아왔다. 극히 일부를 제외하고는 이미 퇴직을 한 노장들. 그들은 기꺼이 그들의 주군을 영접했다.

휠체어는 이진웅의 아내가 밀었다. 담요 한 장을 덮은 지 회장은 꼿꼿한 시선이었다.

"회장님!"

"회장님!"

여기저기서 회한 섞인 외침이 들려왔다. 그 어느 청춘의 날, 그 시기에 만나 중년과 장년의 시기를 시장 개척에 바쳤던 지 회장의 부하들. 그들은 그날로 돌아갔다. 펄펄 날던 지 회장을 모시고 세계시장으로 돌격하던 그날⋯⋯.

지 회장은 왕년의 용사들 하나하나와 악수를 나누었다. 상당수의 부하들에게는 그 이름까지도 불러주었다.

"김 이사⋯⋯."

"안 상무⋯⋯."

"도 실장⋯⋯."

그때마다 노장들은 굽은 허리를 꼿꼿이 세웠다.

회장님, 회장님.

그들에게는 그 자리가 천국이었다.

"회장님!"

준공식 직전 이진웅의 아내가 말했다.

"그래……."

"아버지의 꿈이에요. 이제 현실이 되었어요."

"그래……."

"이 꿈은 저희가 잘 가꾸어 나갈게요. 그리고 아버지처럼 꿈을 꿀게요. 더 멋지고 더 가치 있는 기업으로 발전시키면서 말이에요."

"그래……."

"자르세요."

그녀가 커팅 가위를 건네주었다. 지 회장은 가위를 테이프에 들이댔다. 자를 힘은 없지만 갖다 대는 것만 해도 기적이었다.

펑펑!

축포와 함께 꽃술이 쏟아졌다. 꽃술들은 축복처럼 지 회장의 얼굴 위로 내려앉았다.

"상윤아."

지 회장이 장남을 호명했다.

"예, 회장님!"

"내 개인 재산 말이다."

"예……."

"얼마나 되느냐?"

"현재 가치로 3,600억 정도 됩니다."

"경영권 문제도 있으니 주식은 너희가 나눠서 상속을 받아야지."

"그럼 한 800억 정도……."

"오늘 참석한 창사 멤버 중에서 경제적으로 어려운 사람이 있으면 그 돈으로 돕거라. 그들은 내 부하들이기에 앞서 내 동료들이야."

"예."

"그리고 아까 그 젊은 의사……."

"채윤도 한의사입니다."

"그 한의사가 내 정신을 찾아주었지?"

"아셨습니까?"

"그럼, 목숨 가진 동물이 자기 목숨 구해준 은인 모를 수 있을까?"

"……."

"그 의사는 따로 성심껏 챙기고."

"걱정 마십시오. 채 선생은 저희 사비로라도 챙기겠습니다."

"아니야. 마지막 가는 길에 이 멋진 진료비를 빚지고 갈 수야 없지."

"회장님."

"좋구나. 이 순간을 보게 되다니……."

"회장님……."

"열심히 살다 오거라. 돈 몇 푼에 형제들끼리 아귀다툼하지 말고."

"명심하고 있습니다."

"직원들 대우도 충분히 하고. 직원 먼저 챙기면 실적은 따라오게 되어 있어."

"회장님."

"저기 내 부하들이 증거 아니냐. 너희라면 저 나이에 네 부하 직원들이 이런 자리에 달려올 수 있겠느냐?"

"회장님……."

"좋구나… 이제 눈을 감아도 되겠어."

"……."

"장례는 번거롭게 치르지 말거라. 조의금은 받지 말고… 나 때문에 수고한 사람들에게 인사 잊지 말고……."

지 회장의 말은 거기가 끝이었다. 자신의 꿈이었던 풍용 스카이벨트. 태산처럼 올라간 메인 빌딩을 보며 스르륵 눈을 감은 것이다. 그 모습은 너무나 자연스러워 마치 흐뭇한 미소처럼 보이기도 했다.

"회장님!"

역전의 용사들이 그 옆으로 몰려들었다. 그들은 울지 않았다. 눈물은 지 회장을 욕되게 하는 것. 지 회장의 부하 직원이자 동료들답게 그들은 너무나 잘 알고 있었다.

현실로 나온 불사약 한 방울.

신은 허용했고 지 회장은 허용받았다.

윤도는 한의사의 의술로서 그걸 매칭시켰다. 보석보다 빛나는 시도였다.

3. 국대급 SS병원으로의 왕진

　지 회장의 장례는 소박하게 치러졌다. 대기업의 총수답지 않은 풍경이었다.

　부의금은 물론 일반 조화도 받지 않았다. 지 회장의 빈소에 놓인 조화는 고작 12개였다.

　대통령과 국무총리, 그리고 그의 심복이었던 몇 사람, 해외에서 온 개발도상국 대통령들의 것만 부득 세운 것이다. 나머지 하나는 바로 윤도의 조화였다.

　윤도는 장례 방침을 몰랐다. 그러나 그 자신이 마지막 하루의 꽃을 피워준 인연. 조화를 보냈지만 접수 직원들에게 거절을 당했다.

그걸 본 지수혜가 꽃을 받았다.

"이 조화는 가장 가까운 곳에 세우세요."

지수혜의 지시가 떨어졌다. 윤도의 조화는 지 회장 빈소의 왼쪽에 놓여졌다.

윤도에 대한 높은 예우였다. 문상을 했다. 그러나 유한한 생명.

살아 있는 사람들은 모르는 건강한 하루의 가치. 어쩌면 지 회장이야말로 지상에서 가장 소중한 하루를 누리고 간 사람일 수 있었다.

'부디 좋은 데서 영면하시길⋯⋯.'

국화를 헌화하며 진심으로 빌었다.

며칠이 지났다.

윤도의 하루는 여전히 바빴다. 정나현이 예약을 조절하기는 했지만 쉴 틈이 없었다. 그때 반가운 얼굴이 찾아왔다.

"어, 이 선생님."

진료 결과를 정리하던 윤도가 파뜩 고개를 들었다. 갈매도의 사수 이창명이었다.

"채 선생, 아니, 채 원장님. 보기 좋은데?"

"웬일이세요?"

윤도가 일어나 창명을 맞았다.

"이야, 역시 이제는 막 명의 느낌이 나네. 이거 내가 갈매도에서 갈구던 그 채윤도 선생 맞아?"

"농담 그만하시고… 휴가예요?"

"응, 이제 전역 준비도 해야 하고……."

전역 준비라면 병원 복귀였다. 인턴을 마치고 공보의로 간 이창명이었다.

"그래서 SS병원에 다녀오는 길이야,"

"아, 거기 진료부장님이 숙부님이라고 그랬죠?"

"응… 흉부외과 전공이시지. 다시 S병원으로 가야 하나 싶어 진로 상의 좀 할 겸 찾아갔는데……."

이창명은 잠시 말을 아끼다가 뒷말을 이어놓았다.

"채 선생, 혹시 시간 좀 낼 수 있어?"

"술 한잔하시게요? 당연히 제가 한잔 쏴야죠."

"아니, 그게 아니라… 이거 설명이 좀 긴데……."

"무슨 문제가 있나요?"

"실은 숙부님 환자 중에 어려운 케이스가 있어서……."

"SS병원에요?"

"특발성 폐고혈압 환자인데 환자 조부모께서 숙부님 은사이셔. 그래서 특진 환자로 보고 있는 모양인데……."

"……."

"채 선생이 한번 봐주면 어떨까 싶어서."

"제가요?"

"이 환자 폐고혈압이 원인 불명이야. 그러다 보니 폐동맥류가 혈관 여기저기에 생겨 혈액 순환이 안 되는 통에 말기 폐부전이 되어서 폐 기능을 거의 다 잃었어. 얼마 전에는 심장 마비까지 와서 죽다가 살았고 막말로 죽을 날만 기다리는 신세지."

"선생님……."

"알아. SS병원이 어떤 병원인지. 하지만 S병원이나 SS병원에서도 손 못 쓰고 죽어나가는 환자, 한두 명 아니야."

"……."

"이게 폐 이식을 하면 좀 나아지겠지만 채 원장 알다시피 이식이 쉬워? 이런 경우라면 장기이식 신청해 봤자 차례 오기 전에 죽는 거지."

"……."

"숙부께서 우리나라에선 불법인 생체 이식까지 고려해 봤는데 의료윤리위에서 반대 때렸나 봐. 폐를 기증하겠다고 나선 가족 두 명도 건강이 그리 좋은 편이 아니거든. 자칫하면 셋 다 위험해질 수 있어서……."

"……."

"찾아갔더니 그 고민을 얘기하시는 거야. 그래서 내가 농담 삼아 채 원장 명침 이야기를 했지. 잘 아는 신들린 한의사가 있다. 나랑 갈매도에서 같이 근무했는데 침이 진짜 기가 막히다. 속된 말로 죽은 사람도 살린다. 그렇게 안타까운 환자면 채 원장 모셔다 침이라도 한번 시도해 보는 게 어떻겠냐?"

"……."

"숙부님이 처음에는 그냥 웃으셨는데 내가 검색 때려서 채원장 활약상 보여줬더니 반전이 되더라고. 나보고 다리 좀 놔보라는 거야. 그쪽 가족들도 찬성하고 있고……."

"……."

"채 원장이 신침이잖아? 바쁜 줄 알지만 한번 도와주면 안될까? 환자가 이제 고작 열여덟인데 열여섯 때 이미 수학 올림피아드 나가서 은상까지 딴 수재야. 목숨이야 똑같은 거지만 아깝잖아?"

"이 선생님……."

"아아, 여기 상황 보니까 강요는 못 하겠어. 게다가 공보의 때 내가 한 만행도 잘 알고 있고……."

"아닙니다. 그 만행 덕분에 제가 이 자리에 있는 걸요."

윤도가 웃었다.

"사양이지?"

"그보다는… SS병원 같은 데서 저한테 그런 제의를 했다는 게……."

"환자가 우선이잖아? 우리 숙부님은 나처럼 좀팽이 아니셔. 원래 응급구조의까지 겸하던 분이라서 뭐든 환자 우선이시지."

"……."

"채 원장."

"그렇게 열린 분이라면 가보기는 하겠습니다. 다만 시간은 제 진료가 끝난 이후로……"

"땡큐, 그럼 언제 시간이 되는 거야?"

창승이 반색을 하며 물었다.

"당연히 오늘 저녁 아니겠습니까? 그렇게 응급한 환자라면."

"알았어. 나 당장 숙부님께 가서 말씀드릴게. 오케이?"

"네."

이창승은 흥분한 상태로 뛰어나갔다.

SS병원.

윤도는 잠시 생각에 잠겼다.

꿈은 아니었다.

SS병원은 S병원과 쌍벽을 이루는 국내 굴지의 첨단 병원. 약간의 과장을 보태자면 이 병원에서 손을 놓는 환자는 희망이 없는 거나 다름이 없었다. 그렇기에 긍지와 자부심이 하늘을 찔렀다. 그렇기에 이 제안이 믿기지 않는 윤도였다.

'말기 폐부전.'

오장 중의 폐장이 작살났다는 의미였다. 말기라 함은 긴 시간 동안 이어진 병세다.

한마디로 바닥까지 진기가 끊겼을 테니 고치기 어려웠다. 더구나 원인 불명의 특발성 폐고혈압, 그로 인해 폐에 동맥류가 생겨 혈액순환이 잘 안 되는 상태.

장침을 바라보았다.

팅!

침 끝에서 묘한 탄성이 건너왔다. 소리 없는 탄성이 심장을 흔들었다. SS병원이 두 손 든 환자. 묘한 도전 의식이 심연에서 끓어올랐다.

"원장님!"

윤도의 긴장은 승주의 인터폰 소리 때문에 깨졌다.

"다음 환자 보내요?"

"어? 보, 보내."

장침과 함께 상상을 내려놓았다. 당장은 여기 환자에 집중할 때였다.

이날 마지막 환자는 이농이었다. 저 먼 부산에서 온 환자였다. 환자는 50대 여자였는데 왼쪽 귀가 들리지 않았다. 원인은 스트레스였다.

환자의 남편이 조기 퇴직을 했다. 남편이 집 안에 들어앉자 발병을 했다.

남편이 출근하면 자유롭던 환자. 남편이 옆에 붙어 있으니 일상이 불편해졌다. 남편이 외출하는 날은 춤이라도 추고 싶었다. 하지만 남편의 외출은 가뭄에 콩 나듯이었다. 직장에서 떨어지니 지인들도 떨어지는 것이다.

남편을 탓할 수 없었다. 그는 성실한 가장으로 살았다. 덕분에 연금이 있어 노후 걱정은 크게 하지 않아도 되었다. 그러니 바가지를 긁을 수도 없었다. 그 스트레스가 담으로 갔다. 쓸개에 불덩이가 쌓인 것이다.

"입에서 쓴맛이 나죠?"

진맥을 마친 윤도가 물었다.

"네."

진맥대로 담의 열이 맞았다.

그러나 그 또한 시작은 신장인 것.

시침이 시작되었다. 기적으로 불리는 방송의 치료와 달리 영약은 쓰지 않았다.

신장을 위해 신수혈을 잡았다. 귀 옆의 이문혈에서 일침삼 혈을 넣고 바로 관원혈로 옮겨갔다. 마지막으로 대거혈을 장 악하자 이농 잡히는 감각이 손가락으로 전해졌다. 막혔던 기 의 수로가 뚫렸으니 심한 경우가 아니라면 산해경의 영약 '문 경'은 잊어도 될 윤도였다.

짤랑!

윤도가 환자의 왼쪽 귀에 방울을 흔들었다.

"어머!"

환자가 고개를 돌렸다.

"이제 들리죠?"

"어머, 어머머……."

윤도의 종소리는 은은하게 멈추지 않았다. 환자의 청각은 쉴 새 없이 그 소리를 잡아냈다. 오른쪽 귀를 막아도 잘 들렸 다. 아침까지만 해도 오른쪽 귀를 막으면 핸드폰 벨 소리도 들리지 않던 귀였다.

"세상에, 이게 기적이 아니네. 나한테도 이런 일이 일어나네."

환자의 입은 귀에 걸려서 내려오지 않았다.

"음식도 신장 때문일까요? 제가 요즘 좀 짜게 먹는 편이라고 구박을 받아서요."

환자는 정중한 자세로 윤도 앞에 앉았다. 자신의 병을 고쳐주는 의사 앞에서는 지위도, 나이도 소용이 없었다.

"맞습니다. 짠맛은 신장에 좋지요. 그렇기에 몸이 짠맛을 땡기는 겁니다."

"그럼 계속 짜게 먹어야겠네요?"

"그렇지는 않습니다. 오장육부는 조화가 필요하니 짠맛은 지나치게 하지 말고 그동안 소홀했던 걸 더 드시기 바랍니다. 폐에 좋은 매운맛, 심장에 좋은 쓴맛, 간에 좋은 신맛… 골고루……."

"그렇군요. 선생님 말씀대로 하겠습니다."

"나가시면서 한약재를 받아 가시고 다음 예약 날을 잡아가세요. 한 번 더 오셔서 시침을 받으면 완치가 될 겁니다."

"고맙습니다. 고맙습니다."

환자는 거푸 허리를 숙이고 나갔다. 마감이 되자 윤도가 약제실로 걸었다.

"아저씨."

진경태는 여전히 바빴다.

하지만 그는 이제 혼자가 아니었다. 새 식구가 늘었으니, 진경태를 보조하는 양종일이 그였다. 그는 D대 한약재관리과를 졸업했다.

졸업 후에 교수의 말을 듣고 산골의 진경태를 찾아왔었다. 열정이 보였지만 진경태는 그를 거둘 형편이 아니었다.

며칠 산행에 데리고 다니며 약재 보는 법과 캐는 법을 가르쳤다.

한약 보는 눈이 있는 것 같아 마음에 두었던 양종일. 일손이 딸리자 윤도의 허락을 구한 후에 양종일을 픽업해 왔다.

"말시키지 마세요. 지금 중요한 실험 중입니다."

진경태의 눈은 약탕기에 있었다. 그 앞에 놓인 약탕기는 무려 12개. 12간지식으로 놓고 알레르기 비염과 천식 약의 유효 성분 추출에 몰입하는 중이었다.

"저 좀 나갔다 오려고요."

"오시지 말고 퇴근하세요. 몸 생각 하셔야죠."

"그러는 아저씨는요?"

"나야 월급쟁이니까……."

"하핫, 알았으니까 너무 무리하지 마세요."

윤도의 발은 진경태를 지나 약장 앞에서 멈췄다. 윤도가 전용으로 쓰는 산해경 영약장이었다. 하지만 양은 좀처럼 늘지 않았다.

산해경 때문이었다. 거기서 허용되는 영약은 양이 적었다. 한 번 쓰면 별로 남는 게 없었다.

'치아……'

윤도 시선이 치아가 나는 약에서 멈췄다. 이 회장을 위한 준비였다.

이제는 거의 완성 단계에 이른 약… 중국의 거물에게 선물로 양보했다고 그냥 넘기기에는, 인연이 너무 깊었다.

윤도는 옆에 있는 '두형'의 용액을 집어 들었다. 산해경에서 가져온, 해바라기를 닮은 풀이다. 말이 먹으면 천리마가 되고 사람에게 쓰면 혹을 잡는다.

다음 약장에서는 토종 약쑥 용액을 꺼내 들었다. 3월, 쑥 기운이 가장 좋을 때 채취한 것으로 만든 진경태의 작품. 두 아이템을 비상용으로 챙겼다. 그것으로 윤도의 출격 준비는 끝났다.

왕진…….

무려 현대 의학의 상징인 SS병원으로 가는 왕진…….

한의사로서는 전무후무한 사건으로 기록될 일이었다.

'후우……'

심호흡을 한 윤도가 시동을 걸었다.

"채 선생."

SS병원 앞, 이창명이 기다리고 있었다.

"길 안 막혔어?"

"서울이 언제는 안 막히나요? 그러려니 하고 와야죠."

"미안해. 바쁜데……."

"아닙니다. 어디로 가야 하죠?"

"일단 숙부님부터 만나야지. 모셔 오라고 하시더라고. 환자 보호자도 와 있어."

"알겠습니다."

일침한의원에 비하면 제국 같은 병원, 눈길 돌리는 곳마다 환자가 지천이었다.

복도를 걸었다. 마치 미로 같은 복도를 지나서야 이창명의 발이 멈췄다.

똑똑!

노크를 하는 동안 윤도가 호흡을 골랐다.

후우!

쫄은 건 아니지만 약간의 긴장을 어쩔 수 없었다.

"숙부님, 이분이 채윤도 선생입니다."

안으로 들어선 창명이 윤도를 소개했다. 이창명의 숙부 이철중이 자리에서 일어섰다.

"어려운 걸음 하셨습니다."

그는 지위, 업적에 비해 윤도에게 깍듯했다. 그렇기에 정규 진료 시간이 남아도 기다리는 것이다. 쉬운 일 같지만 진료부원장쯤 되는 사람이라면 보통 일이 아니었다. 옆의 보호자도 일어나 함께 인사를 해왔다.

"우리 창승이에게 대략적인 이야기는 들었다고요?"

이철중이 말문을 열었다.

"예……."

"경과 설명부터 해드릴까요?"

"그래주시면 고맙겠습니다."

환자는 어찌 보면 시각을 다투는 목숨. 한가롭게 인사를 하고 낯을 익힐 시간이 없었다.

물론 윤도는 진맥을 원했다. 하지만 남의 집에 들어와 내 마음대로 할 수도 없는 일이라 그간의 치료 경과와 현재 상태에 대한 설명을 들었다.

특발성 폐고혈압으로 인한 폐동맥류의 원인으로 진행된 말기 폐부전 환자.

팩트는 변하지 않았다.

"선생님 소견은 어떠신지요?"

윤도가 이철중의 의사를 물었다. 그가 바라는 것을 알려는 것이다.

"우리 창승이가 채 선생 얘기를 하길래 처음에는 솔직히 무시했어요. 이 상태에서 한방이 뭘 할 수 있단 말인가? 그런데 창승이가 보여준 검색을 보니 떠오르는 게 있더라고요. 얼마 전에 타계한 지창용 회장님 아시죠?"

'지창용?'

뜻밖의 거론에 윤도가 고개를 들었다.

"실은 내가 한때 그분의 주치의였습니다."

"……!"

"내 능력으로는 손댈 수 없는 병이라 3년 전에 인연을 끊었죠. 그 후로도 간간히 자문에 응하기는 했는데 장례 후에 장남에게서 인사 전화가 왔어요. 놀랍게도 한나절 정도 정신을 회복해서 필생의 프로젝트 준공식을 보고 가셨다고……."

"……."

"그런데… 그 기적을 일으켜 준 사람이 바로 채 선생님이었다고… 맞습니까?"

"예……."

"그러니 정신이 번쩍 들지 뭡니까? 이런 사람이라면 한번 방법을 찾아봐도 되겠다."

"그게 사실이야?"

새로운 뉴스에 이창승이 끼어들었다.

"그게… 침이 잘 먹혀서……."

윤도는 늘 그랬듯이 겸손하게 넘겨 버렸다.

"으하!"

이창승은 기가 막히는 표정이었다. 그렇다고 해도 그뿐이었다. 시시콜콜 묻고 확인할 자리가 아니었다.

"그 말 들으니 채 선생이 기다려지더라고요. 사실 아까부터 손 놓고 기다리고 있었습니다."

다시 부원장의 말이 이어졌다.

"……"

"해서 저나 여기 보호자께서 드릴 말씀은 한 가지밖에 없습니다. 그 기적을 우리 환자에게도 좀 보여주세요."

"기적은 아니고 한의술입니다만."

윤도가 바로잡았다. 윤도 자신은 겸손하게 표현하지만 여기는 양방의 본산. 한의학으로 이룬 일을 기적으로 명명할 수는 없었다.

"아, 예… 내가 실수를……"

"괜찮습니다."

"이제 영상물을 보러 가시죠. 두꺼워진 폐동맥과 폐동맥류 몇 개 잡힌 영상이 준비되어 있습니다."

"그건 진맥 후에 보면 안 될까요?"

"예?"

"영상을 먼저 보면 영상에 휘둘릴 수 있어서요. 제가 진료를 하는 것이니 한의학적인 관점에서의 진찰이 필요합니다."

"그건 상관없습니다. 그럼 가시죠."

이철중이 일어섰다. 복도로 나서니 의료 스태프 두 명이 대기하고 있었다. 진료부원장의 입지는 어느 병원에서나 막강 파워였다.

하지만!

여기서 문제가 생겼다. 병원의 또 다른 실력자 강기문 박사가 부원장을 막은 것이다. 둘은 창가에서 잠시 설전을 벌였다.

"이게 말이 되는 일입니까?"

강기문 박사가 목소리를 높였다. 척 봐도 윤도를 달가워하지 않는 눈치였다. SS병원의 위상에 문제가 된다는 말도 나왔다. 그는 현직 대통령 주치의 중 한 명이었다.

"환자가 우선입니다."

부원장은 단호했다.

"아무리 그래도 한방이라니… 불편합니다."

강기문은 윤도를 쏘아본 후에 휘적휘적 멀어졌다. 그 걸음에 찬바람이 일었다.

"문제가 있나요?"

윤도가 물었다.

"아, 아니오. 사소한 견해 차이입니다. 내가 대신 사과할 테니 기분 나쁘게 생각지 말아주시오."

"……"

저만치서 강기문이 엘리베이터에 오르고 있었다. 지금은 양방의 시대. 그 최고봉이라 할 수 있는 SS병원도 어쩔 수 없는 상황. 그렇기에 한의사인 윤도가 도움이 될 리 없으니 불명예라고 생각하는 모양이었다. 이 해프닝에서 윤도는 묘한 오기를 느꼈다.

딸깍!

병실 문이 열리자 스태프들이 옆으로 비켜섰다.

"이 환자입니다."

이철중이 환자를 가리켰다. 환자는 산소마스크 안에서 해쓱했다.

청색증이 와서 푸르스름하지만 호수처럼 맑은 눈. 아프지 않았더라면 총명이 넘칠 여학생이었다. 스태프가 산소마스크를 잠깐 내려주었다.

"채윤도 선생님."

환자는 윤도를 알아보았다.

"나 알아요?"

윤도가 물었다.

"그럼요. 요즘 굉장히 유명하시잖아요? 하늘이 내린 장침 명의."

"하핫, 그건 네티즌들이 지어낸 말이에요."

"저한테도 그 장침 놔주시는 거예요?"

"내 장침은 좀 아픈데?"

"아픈 건 괜찮아요. 하도 많이 아파봐서……."

환자가 시리게 웃었다. 그 웃음이 괜히 마음을 찔렀다.

"그럼 특별히 아프지 않게 놔야겠네. 진맥 좀 볼게요. 마음 편안히 하고 있으세요."

윤도가 손목을 잡았다.

맥……

불. 규. 칙……

한마디로 '뒤죽박죽 혈자리'였다. 병원에서 온갖 처방을 받은 환자. 어쩌면 당연한 일이기도 했다. 불규칙 속에 규칙을 세워 나갔다. 심장과 폐, 신장에 관련된 혈자리 지도를 환자에 맞게 그리는 것이다.

'신장……'

거기부터 시작했다. 신장 기능 역시 바닥이었다. 당연한 일이다. 폐가 나쁘면 비장과 신장 기능도 기대하기 어렵다. 다행히 비장은 그나마 나은 편이었다.

'폐……'

문제가 된 폐로 접근했다. 이쪽 혈자리들은 특별히 엉망이었다. 그로 미루어 파악된 폐동맥류는 모두 여섯이었다. 동맥류 인근의 혈관들은 저절로 두꺼워져 기능도 마비 직전.

심장을 지나 삼초에 다다랐다. 삼초를 체크하는 건 심장과의 연관 때문이었다.

여기가 문제가 되면 혈맥의 병이 생길 수 있었다. 기타의 기관들도 문제가 있지만 미뤄두었다. 여기서 근본 치료를 하겠다고 선언할 수는 없는 까닭이었다.

'내가 할 일……'

윤도는 팩트만 생각했다. 그건 폐동맥류 제거와 혈관의 탄력을 찾아주는 일이었다.

"좌폐동맥과 우폐동맥, 그리고 우폐 하엽 쪽에 동맥류가 있는 것 같습니다. 유사한 크기로 여섯 개. 기타 작은 동맥류도

딸려 있습니다."

"……!"

윤도의 말에 휘청거린 건 이철중이었다. 분명 영상 자료를 보여주지 않았다. 그런데 마치 그걸 본 것처럼 말하는 윤도였다.

"그쪽 동맥들에 열독과 혈병이 있는 것 같습니다. 유난히 맥이 느린 지점이니 아마도 혈관이 두세 배 정도 두꺼워지면서 동맥경화까지 겹쳐 탄력을 잃은 듯……."

"……!"

"소장과 삼초를 조절해 혈독을 잡고 혈자리를 이용해 혈병을 잡아 심장 혈관의 운동성을 늘려보겠습니다. 혈관에 탄력을 주고 장애물인 동맥류를 제거하면 폐순환이 되면서 심장의 무리에도 도움이 될 것으로 봅니다만……."

"……."

"진찰 결과로는 신장 기능도 많이 떨어진 거 같은데 그건 병원에서도 알고 계실 것 같고……."

"……."

이철중은 한동안 움직이지 못했다. 기적을 위해 불러온 채 윤도. 그러나 그는 움직이는 정밀 진단기였다. 그것도 달랑 진맥 한 번. 그렇기에 이철중은 혀를 내두를 뿐이었다.

그제야 스태프들이 PDA로 영상 기록을 열었다. 윤도의 진찰은 2%가 빗나갔다. 영상 기록상으로 큰 동맥류는 다섯 개였다. 그때 영상전문의 스태프가 의견을 내놓았다.

"그간 추세로 보아 어쩌면 이 작은 것들 중 한 개가 그새 커진 걸 수도……."

이철중 이하 다른 스태프들은 이의를 달지 않았다.

"그럼 시침해 보겠습니다."

윤도가 치료를 선언했다.

"우리 도움은 필요치 않겠군요?"

겨우 정신을 수습한 이철중이 물었다.

"그렇긴 합니다만 혹시 모르니 한 분 정도는 자리를 지켜주시면……."

"알겠습니다."

이철중은 스태프 한 명을 두고 자리를 비켜주었다.

'채윤도……'

장침을 잡은 윤도가 스스로에게 최면을 걸었다. 한방·양방 협진. 낯선 일은 아니다. 그러나 윤도로서는 또 하나의 도전이 될 일이었다.

환자가 눈을 감았다. 일단 왼손의 수고부터 시작했다. 환자는 오랫동안 병을 앓아온 사람. 원래는 침 치료를 하지 않는 게 원칙이지만 우선순위가 다른 경우였다. 고치지 않으면 죽는 환자. 그런 경우라면 원칙보다 목숨이 앞서는 게 옳았다.

충분하게 혈자리 부근을 풀어준 후에야 첫 침을 자입했다. 생명의 밭 관원혈이었다.

"……!"

피부를 뚫고 들어간 침은 바로 길을 잃었다. 시작부터 빗나간 혈자리였다. 이미 불규칙을 알고 교정을 마친 윤도. 그럼에도 인체는 한 치의 긴장을 놓는 것조차 허용하지 않았다. 손끝 조절로 겨우 길을 찾았다. 혈자리가 나왔다. 짜릿한 긴장으로 테이프를 끊은 윤도였다.

그게 공부가 되었다. 새 환자는 새 우주. 명심하고 또 명심하며 두 장침을 넣었다. 신장의 요혈 신수혈과 폐의 요혈 신주혈이었다. 이 침들은 손가락이 후끈 달아오를 정도의 화침이었다.

기준을 세운 윤도, 마침내 저격용 혈자리를 찾았다. 첫 출격의 타깃은 격수혈이었다. 이 혈은 혈회혈로도 불린다. 모든 혈병에 드는 명혈이었다. 측면 지원은 소장과 삼초를 택했다. 혈독을 없애는 혈자리를 찾았다.

그런 다음에 뽑아 든 건 약침이었다. 일단 약쑥이었다.

윤도는 진맥으로 파악한 동맥류에 집중했다. 폐는 원래 함부로 침을 놓기 어려운 곳. 더구나 장침이었다. 게다가 폐 실질 세포에 위해를 주지 않고 오직 동맥류를 관통해야 하는 일이었다. 거기에 더해 숫자도 무려 여섯 개.

첫 침이 첫 폐동맥류 자리로 들어갔다. 폐포에 닿았지만 출혈이 나지 않았다. 다음으로 혈관을 지났다. 윤도의 손끝은 무아지경의 몰입으로 그것들을 비껴갔다.

바늘과 풍선의 원리로 보면 이해가 쉬웠다. 빵빵하게 불어진 풍선. 무엇이든 날카로운 것을 대면 뻥 하고 끝장이 난다. 그런데, 부드럽게 침을 넣다 빼는 사람이 있다. 놀랍게도 터지지 않았다. 그 신기조차 윤도의 침술과는 비교 불가였다. 그렇게 목적한 동맥류에 다다르자 윤도 손끝에 힘이 들어갔다.

푹!

윤도는 느꼈다. 동맥류를 찌르는 절대 촉감.

'이거야.'

바로 이거라고.

윤도 심장에 짜릿한 쾌감이 스쳐 갔다. 진경태가 말한 소나무의 대물 복령 찾기가 이랬을까? 소나무 주변을 꼬챙이로 찌르다 복령이 찔렸을 때, 그 깊은 땅속에서 꼬챙이를 타고 올라오는 촉감이 이런 거였을까?

동맥류 안에 든 침 끝으로 작용을 감지했다. 초조하지 않았다. 약쑥의 반응은 한동안 오지 않았다. 닥치고 기다렸다. 이런 건 무조건 인내심 싸움이었다. 동맥류는 버티고 약쑥은 공격한다. 강한 상대라면 한두 번의 펀치에 손을 들 리 없다. 하지만, 일단 반응하기 시작하면 이야기가 달라진다.

한 시간이 지나고 두 시간이 지났다. 약쑥으로는 무리인가? 막 영약 쪽으로 유혹을 느낄 때 손끝에 반응이 왔다. 침 끝에 헐렁한 느낌이 온 것이다. 영약이 그 뒤를 이었다. 부드러운 약쑥으로 길을 냈다. 약 자극에 익숙해진 후에 강자극은 견딜

만한 것. 그렇기에 장침은 이제 주저가 없었다.

다른 동맥류 역시 같은 과정을 겪었다. 약쑥부터 넣고 차례차례, 영약을 다향투자침으로 넣은 것이다.

시침이 끝나자 윤도는 동맥의 탄력 조절에 나섰다. 폐동맥 전체의 탄력이 필요했다. 자극이 들어가자 맥없던 동맥들이 반응하기 시작했다. 처음에는 미미했다.

'질환의 치료는 병을 앓은 시간만큼 되돌아오는 것.'

조바심이 일 때마다 되뇌는 주문은 오늘도 멈추지 않았다. 얼마나 지났을까? 지켜보던 스태프가 오히려 지쳐갈 때 침 끝으로 진동 하나가 감지되었다. 동맥류 하나가 안으로 녹아버린 것이다. 덕분에 혈관 탄력 회복에 도움이 되었다.

스륵!

폐동맥류 하나가 더 녹았다.

스르륵!

또 하나가 녹았다.

세 개의 동맥류가 녹아나자 이제는 기세가 되었다. 혈관 탄력도 손에 감지될 만큼 확실해졌다. 나무관 같던 혈관에서 뻣뻣함이 줄어든 것이다.

그리고… 마침내 마지막 동맥류까지 녹아버리자 환자의 숨소리가 안정되었다. 얼굴의 청색증도 시나브로 나아지고 있었다. 동시에 산소 포화도가 상승 곡선을 그렸다.

"선생님, 산소 농도가 올라가고 있습니다."

대기 중인 스태프가 소리쳤다.

"다행이네요."

"정말 침으로 폐동맥류를?"

묻는 스태프의 목소리가 떨렸다.

"선생님이 옆에서 함께 기도해 준 덕분입니다."

"저 부원장님께 말씀드려도 될까요?"

"그러세요."

윤도가 수락했다.

"맙소사!"

안으로 들어온 이철중이 비명 같은 신음을 터뜨렸다. 환자의 상태는 아까와 달랐다. 척 보아도 호전세가 느껴지는 얼굴이었다. 데이터 역시 그것을 뒷받침하고 있었다.

"세상에, 우리 딸의 폐부전이 사라진 건가요?"

보호자가 좋아 어쩔 줄을 몰랐다.

"아직은 아닙니다. 폐동맥류를 잡고 두꺼워진 혈관에 탄력을 약간 줘서 미미하게나마 혈관 다이어트를 시켰습니다. 다행히 심장의 피가 폐로 가는 길은 열렸으니 폐부전은 천천히 나아질 것 같습니다."

"세상에나……."

"며칠 후에 한 번 더 와서 같은 시침을 하겠습니다. 그럼 폐동맥류 걱정은 안 해도 될 겁니다."

"치료비는 어떻게?"

"환자가 폐가 약하지만 사실은 신장의 기 또한 거의 바닥입니다. 이 병원에서 처방해 준 약을 고려해 신장의 기혈을 올리는 탕약을 지어드릴 테니 어느 정도 원기를 찾으면 복용하도록 해주세요. 꼭 복용하셔야 합니다."

"알겠습니다."

이철중과 스태프들이 있었지만 개의치 않았다. 그건 윤도의 신념이었다. 이 환자는 신과 폐를 보해야만 부작용이 없을 일이었다.

"그럼 저는 이만……."

윤도가 이철중에게 작별을 고했다. 복도에 나서자 아까 그 강기문 박사가 보였다. 스태프 중의 한 사람에게 보고를 받고 있었다. 사실은 그도 결과가 궁금했다. 얼굴이 일그러지는 게 보였다. 그의 예상이 빗나간 것이다. 윤도는 일부러 정중하게 인사를 올렸다. 당신의 생각은 틀렸습니다. 몸으로 보내는 항변이었다.

"선생님."

그 뒤로 이철중이 따라 나왔다. 강기문은 사라지고 없었다.

"이건 받아 가시죠."

그가 봉투를 내밀었다.

"뭐죠?"

"저희 병원 의사가 아니시니 진료비도 못 받으실 테고… 해서 저희 병원 발전 기금 중에서 일부를 담았습니다. 많지는 않지만 양방 한방의 협력 차원에서 성의로 아시고……."

"부원장님……."

"그리고… 이 일은 양·한방 협력의 미담으로 보도 자료를 내겠습니다. 선생님 역할을 충분히 강조해서……."

"그건 상관없습니다만……."

안에 든 돈은 300만 원이었다. 그건 겉에 쓰인 내용으로 알 수 있었다. 300만 원, 적은 돈은 아니지만 봉투를 사양했다.

"채 선생님."

"죄송하지만 여기는 병원입니다. 개인의 사택 왕진이라면 받아들일 수 있지만 공식 병원에서 진료비를 이렇게 주시면 제가 곤란합니다. 얼마가 되었건 오늘 제가 환자에게 끼친 치료 효과에 비례해 환자의 치료비에서 지불해 주시기 바랍니다."

"……!"

그 말에 부원장의 표정이 얼어붙었다. 정당한 요구였다. 너무나 정당해서 할 말을 잃었다. 환자의 치료 효과에 대한 기여 비례… 그건 곧 윤도가 보여준 한의학의 진료 가치에 대한 요구였다. 그대로 두었으면 죽었을 환자. 그러나 나쁘게 말하면 병원 입장에서는 하등 손해날 게 없는 일. 환자가 병실을 차지하고 있는 한 병원비는 보호자와 국가, 양쪽에서 채워줄 일이었다.

윤도는 궁금했다. 병워은 과연 유도의 한의학에 대해 어떤 평가를 내려줄 것인가?

'한 방 맞았군.'

부원장이 고뇌하는 사이에 윤도는 멀어졌다.

"하하핫!"

하지만 부원장은 결국 웃고 말았다, 대물을 만났다. 그게 한의사든 의사든 상관없었다. 의술이라는 맥으로 통하는 한 이건 명백한 축복이었다. 사람의 목숨을 살린 일 아닌가?

"좀 건방진데요?"

뒤에서 지켜보던 스태프가 쓴 말을 날렸다.

"건방져도 좋으니까 자네도 저 정도 좀 되어봐."

부원장이 묵직하게 되받았다.

"예?"

"진짜 의사잖아? 시스템의 도움 없이도 시스템 이상의 실력을 갖춘."

"……"

"정신 바짝 차리자고. 한방, 이거 무시할 게 아니네."

부원장은 한참이나 고개를 끄덕거렸다.

"채 선생."

윤도에게 이창승이 다가왔다.

"성공했다며?"

"예… 다행히……."

"으아, 나 제대하면 아예 채 선생 밑으로 가면 안 될까? 장침 좀 배우게……."

"말이 되는 소리를 하세요."

"아무튼 고마워. 내 생각 같아서는 어디 가서 한잔했으면 좋겠지만 시간도 그렇고… 다음에 한잔 진하게 때리자고."

"그러죠."

이창승과 헤어져 스포츠카에 올랐다.

'헤이!'

윤도가 손을 내려다보았다. 전에는 침 한 방 제대로 놓지 못해 벌벌 떨던 손. 이제는 그렇게 자랑스러울 수가 없었다.

'수고했다.'

쪽!

손에게 키스로 고마움을 전했다. 고마운 게 참 많았다.

그날 밤, 윤도는 다시 산해경에 있었다. 해내서경 개명의 동쪽이었다. 여섯 신의들은 오늘도 기괴한 생명체를 구하고 있었다. 그들의 주 무기는 청랑박이었다. 신의들의 청랑박에서 불사약 방울이 떨어졌다. 잿빛 얼굴의 생명체에 목숨이 깃들기 시작했다. 혹시나 싶어 청랑박에 손을 대자 벼락이 떨어졌다.

'으헉!'

윤도는 기겁을 하고 손을 뺐다.

쩌릿!

뼈를 타고 오는 통증이 어깨까지 올라왔다. 지 회장의 경우는 운이 좋았다.

청랑박의 불사약 역시 윤도에게 허용된 게 아니었다. 하지만 달리 생각하면 한 번은 허용되었던 일. 어쩌면 이 다음에 또 누군가 기막힌 하루나 이틀이 필요하다면 비슷한 기회가 올 수도 있다는 생각을 두고 신비경을 거두었다. 산해경은 넓고 영약은 많으니까.

"아저씨!"

이른 아침, 윤도가 한의원에 도착했다. 약제실에는 벌써 불이 켜져 있었다.

"아, 거참… 푹 좀 쉬고 오라니까 또 일찍 오셨네. 절 감시하려는 겁니까?"

진경태가 웃었다.

"맞아요. 아저씨가 쉬나 안 쉬나 보려고 감시하는 겁니다."

윤도가 도시락을 내놓았다.

"뭐죠?"

"어머니가 싸주시네요. 아저씨하고 종일이가 고생하는 거 다 아시잖아요."

"흐음, 뭐 이런 감시라면야… 종일아!"

진경태가 종일을 불렀다. 약재를 수습하던 종일이 다가왔다.

"잘 먹겠습니다."

종일이 반색을 하며 수저를 들었다. 입맛 까칠한 아침, 간단하게 밥 말아 먹기 좋은 도가니탕이었다.

"저는 약제감수성 실험 좀 체크할게요."

"그보다 신문 먼저 체크하세요."

"신문요?"

"반도일보에 원장님 기사가 났어요."

종일이 신문을 내놓았다.

"……!"

신문을 넘기던 윤도의 시선이 멈췄다. SS병원과의 협진 보도였다.

〈자존심보다 환자를 고려한 양·한방 협진, 페이식 대기자에게 새 희망 제시〉

〈SS병원 흉부외과 팀의 선택은 이식이 아니라 명침이었다〉

〈말기 폐부전 환자의 폐동맥류와 폐동맥경화를 침술로 넘어선 쾌거〉

〈명침명의 채윤도, 양방의 본산에 구원 등판 해 절망의 승부를 뒤집다〉

타이틀에 이어 몇 가지 소제목들이 눈에 들어왔다. 사진은 부원장과 환자, 그리고 보호자 네 명이었다. 다들 환한 얼굴이었다.

차분하게 기사를 읽었다. 병원 보도 자료다 보니 병원 쪽 입장이 많았다. 하지만 말미의 부원장 인터뷰에서 팩트를 분명하게 밝혀놓았다.

"이 쾌거는 한방 침술 덕분입니다. 우리 양방이 눈부신 발전을 거듭하는 동안 한방도 그렇게 발전했다는 걸 알게 되었습니다, 앞으로는 양·한방 협진을 전향적으로 고려해 볼 생각입니다. 어려운 초청이었고 난이도가 굉장히 어려운 일임에도 불구하고 명침 자침을 해주신 채윤도 한의사에게 다시 한번 고마움을 전합니다."

이철중의 한마디.

그 한마디가 윤도 마음의 피로감을 후련하게 씻어가 주었다. 진료 가치의 평가는 사실, 그것으로 충분했다. 환자에게 받은 진료비를 나눠준다고 해야 얼마를 줄 것인가?

기분 좋게 신약 개발에 매진했다. 성분 분리는 안정적이고 작용 기전의 규정도 문제가 없었다. 약제감수성 검사도 좋았다. 그동안 어린이 알레르기 비염과 아토피 환자에게서도 호평을 받은 새로운 탕제. 이제는 류수완에게 뒷일을 맡겨도 좋을 정도가 되었다.

"사장님, 채윤도입니다."

원장실로 돌아온 윤도가 전화를 걸었다.

─원장님, 신문 기사 보았습니다. 인터넷도 난리던데요?

"고맙습니다."

─아닙니다. 그렇게 수고하시는데 건강 음료라도 몇 박스 보내 드리지 못하고…….

"한의원에 널린 게 보약인데 무슨 건강 음료요?"

─마음이 그렇다는 거지요. 아무튼 굉장한 일 하셨습니다. 무려 SS병원이 인정한 쾌거 아닙니까?

"죄송합니다. 그 병원에서 인정받기 위해 한 일은 아니었습니다."

─압니다. 하여간 원장님이 걸어가면 역사가 되는군요.

"그보다 신약 말입니다……."

─아, 마무리 실험이 끝났습니까?

"예, 사장님 쪽 실험은 어떻습니까?"

─그렇잖아도 제가 약리실에 체크해 보았는데 기존 출시 약제에 비해 효과와 안정성이 압도적입니다. 하도 고무되어 있길래 흥분 가라앉히고 부작용 꼼꼼히 체크하라고 했습니다. 효과도 중요하지만 부작용 체크도 굉장히 중요하거든요.

약제 부작용.

어쩌면 그거야말로 신약의 성패일 수도 있었다. 저 유명한 아스피린만 봐도 그렇다. 깨알 같은 부작용만 한 장이다. 한편으로는 오싹한 일이기도 하지만 또 한편으로는 그만큼 임상 체크에 철저했다는 반증이었다.

"그럼 이제 제약 시장을 목표로 한번 달려볼까요?"

—그 말씀 나오기를 학수고대하고 있었습니다. 당장 찾아뵙겠습니다.

류수완 사장.

그는 정말 총알이었다. 고작 40분 뒤에 변호사와 약리실장을 대동하고 날아왔다. 진경태를 배석시킨 채 정식 계약서에 도장을 찍었다. 류수완은 화끈했다. 계약금 명목으로 10억을 꽂아준 것이다.

"원장님!"

서류를 받아 든 류수완이 윤도를 바라보았다. 잔뜩 고무가 된 얼굴이었다.

"바로 미국에 특허출원 내고 걔들 시장까지 싹 먹어치우겠습니다. 저한테 맡긴 거 후회하지 않게 해드릴 테니 다음 약도 있으면 부탁합니다."

류수완 허리가 정중하게 숙여졌다. 너무나 깍듯해 윤도가 말릴 정도였다.

"아저씨."

류수완이 떠난 후 윤도가 진경태를 바라보았다.

"축하합니다. 원장님이라면 해낼 줄 알았습니다."

"무슨 말씀을… 이건 순전히 아저씨하고 직원들이 도와준 덕분이에요."

"아뇨. 이건 원장님이 없으면 그 누구도 해낼 수 없는 일이지요. 원장님의 명침이 최적 혈자리 반응을 찾아냈고 그 덕분에 최고의 작용 기전을 맞출 수 있었으니까요."

"침만으로 될 일은 아닙니다. 아저씨가 세세하게 지원해 주지 않았으면 제 몸이 둘이 아닌바에야 무슨 재주로 실험에 약재 수급까지 맞췄을까요?"

"원장님은 참… 나이도 어리시면서 사람 기분 좋게 만드는 재주가 있습니다."

"아무튼 정말 수고하셨어요."

윤도는 거듭 고마움을 전했다.

계약서.

계약금 10억.

보기만 해도 후련했다. 돈 때문이 아니었다. 장침에 이은 또 하나의 쾌거였다. 어린 환자들을 위해 마음속으로 약속한 치료 약 개발. 그걸 이룬 것이다. 이 과정에서 약침 공부가 높아졌다. 내공도 쌓였다. 그건 아주 중요한 발전이자 경험이었다.

일단 부모님에게 소식을 전했다. 어머니와 아버지는 좋아 어쩔 줄을 몰랐다. 동시에 미안해했다. 세상이라는 바다에서 혼자 지평을 찾아가는 아들. 그럼에도 수많은 환자들에게 희망을 안겨주는 아들이었기에 그 감격은 더했다.

"잘했다. 정말 고생 많았어."

어머니의 말에 아버지의 말이 겹쳐왔다. 윤철에게도 소식을 전했다. 녀석의 반응은 좀 달랐다.

"형, 한턱내. 나 용돈도 좀 주고."

직설적이다. 그 또한 나쁘지 않았다.

다음은 부용이었다. 신약 개발의 단초는 그녀에게 나왔다고 해도 과언이 아니었다. 그녀가 이만한 시설 투자를 해주지 않았더라면 아직은 불가능할 일이었다.

—정말요?

그녀 역시 자기 일보다 기뻐했다.

"부용 씨 덕분이에요."

—아뇨. 아침 신문 봤어요. SS병원에서 인재 하나 살렸더라고요. 전 선생님 만나 너무 좋아요. 선생님이 해내실 줄 알았어요.

"한턱 쏠게요. 저녁에 시간 좀 내세요."

—선생님이 그럴 시간이 있어요?

"없어도 내야죠. 날마다 일만 하고 살 수는 없잖아요."

—그거 정말이죠?

"네!"

—그럼 오늘은 직원들에게 쏘세요.

"네?"

—그게 좋을 거 같아요. 선생님처럼 소수 정예 직장은 케미가 생명인데 승전보 울린 날 대표가 옆길로 새면 좋지 않아요.

"……!"

—죄송해요. 주제넘은 말인 줄 알지만 제가 처음에 그랬거든요. 그거 비싼 수업료 내고 배운 경험담이에요.

"네……"

수긍이 갔다. 역시 부용의 사업가 DNA는 보통 레벨이 아니었다.

"좋아요. 그럼 일단 우리 직원들 챙긴 후에 만나요."

—네, 언제든 콜하세요. 아, 그리고 오빠가 굉장히 고마워하고 있는 거 아시죠? 조만간 좋은 소식 갈 거예요.

부용은 쿨하게 전화를 끊었다.

"실장님!"

그길로 정나현을 불러들였다. 그런 다음 강외제약과의 신약 개발 정식 계약을 알리고 저녁 회식 장소 물색을 통보했다.

예산은 무한대.

직원들 의견 반영 100%.

윤도의 조건은 직원들을 들뜨게 하기에 충분하고도 남았다.

"원장님, 축하드려요."

"축하해요. 너무 잘됐네요."

직원들이 들어와 인사를 전했다. 한 마디, 한 마디가 달달하게 들렸다.

"자, 그럼 환자 받아볼까요? 빨리하고 회식 가자고요."

윤도가 진료 개시를 알렸다.

첫 환자는 30대의 난시 환자였다. 영화 컴퓨터 그래픽 전문가였는데 눈을 혹사하다 난시가 생겼다. 그러나 정밀 작업을 계속하는 통에 더욱 심해졌다. 이제는 저만치서 오는 버스의 번호판도 두 겹으로 겹쳐 제대로 구분하기 어려울 지경이 되었다.

"어떤 날은 애인 얼굴도 못 알아봐서 욕을 먹곤 합니다."

문진을 받던 그가 병원 진단서를 보이며 웃었다. 덕분에 중요한 그래픽 작업을 미뤄둔 환자. 그쪽에서는 독촉이지만 눈 건강이 안 좋다 보니 7전 8기 끝에 윤도의 한의원 예약에 성공한 케이스였다.

그는 난시 중에서도 정난시였다. 하지만 성격상 안경이나 콘택트렌즈를 싫어했다. 마지못해 끼지만 정밀 작업을 할 때면 오히려 벗어버리는 성향. 그렇기에 난시는 더욱 악화되고 있었다.

정난시는 보통 선천성을 갖고 태어나거나 유전으로 온다. 하지만 이 환자의 경우에는 특이하게도 직업병으로 보였다. 가족 내력이 없는 데다 일과성도 아니기 때문이었다.

"신장이 안 좋죠?"

윤도가 물었다.

"그건 잘 모르겠는데요?"

환자가 고개를 저었다. 이런 경우는 흔했다. 환자는 눈이 아프다. 안과에 간다. 안과에서는 눈만 고치면 된다. 설령 신장이 좋지 않다고 해도 관여하지 않는다. 안과 의사는 눈을 고치면 그뿐이었다.

진맥을 보니 신장의 기가 바닥이었다. 심장의 기도 그랬다. 하긴 신장과 심장, 간의 기혈이 건강하다면 눈에 질환이 올 리 없었다.

"원장님 침으로 치료가 가능할까요? 안경 안 쓰고 잘 볼 수 만 있다면 너무 좋겠습니다."

"한번 해보죠."

윤도가 장침을 뽑았다. 눈에 대한 영약은 산해경에 많았다. 요초가 있고 농지가 있으며 탁과 고습도 있었다. 그중에서 윤 도가 가지고 있는 건 요초. 하지만 쓰지 않았다.

신장의 요혈 신수혈에 장침을 넣었다. 신수혈에서 눈의 기 혈을 진단했다. 풍부혈 부근으로 침감이 갔다. 그리고 독맥의 풍부혈 근처에서도 치료 혈자리를 찾았다. 풍지혈이었다. 그 혈자리는 조금 부풀어 있었으니 영락없는 아시혈이었다.

"아야!"

아시혈은 아픈 혈. 살짝 누르자 반응하는 환자였다. 그곳으 로 화침이 들어갔다. 눈으로 가는 기혈문이 열리는 게 느껴졌 다. 마지막 카운터는 곡지혈과 합곡혈에서 매조지를 했다. 합 곡혈은 백내장이나 녹내장에도 좋았다.

"어때요?"

발침을 하며 환자에게 물었다.

"눈이 시원… 어……?"

환자가 눈을 깜빡거렸다.

"원장님이 하나로 보이는데요?"

환자 목소리가 높아졌다. 인상을 찡그리는 것도 아니었다. 물체를 제대로 보려면 잔뜩 인상을 써야만 했던 환자. 제대로 보이는 게 신기한지 몇 번이고 주변을 두리번거렸다.

"잠깐만요."

서비스 장침을 뽑아 들었다. 두 장침은 질변혈과 삼음교에 들어갔다. 질변혈은 치질과 대변불통에 좋은 혈자리. 이 그래픽 전문가는 치질도 달고 살았던 것이다.

"으아, 똥꼬도 시원합니다."

"치질 기운 있죠? 대변도 잘 나오게 될 겁니다."

"신기하네요. 이거 제가 맡은 중국 판타지 영화보다 더 판타지 같은 일입니다."

"탕약 지어드릴 테니까 딱 한 달만 열심히 드세요. 신장을 보하지 않으면 다시 재발할 테니 시작한 김에 뿌리를 뽑으세요."

"당연하죠. 다들 말로만 떠드는데 원장님처럼 난시를 딱 잡아주고 말씀하시는데야 어떻게 안 믿겠습니까?"

환자는 군말 없이 윤도 지시에 따랐다.

막간에 만난 사람은 SS병원 원무부장이었다.

"이거……."

원무부장은 정중한 자세로 봉투를 내밀었다.

"뭐죠?"

"저희 부원장님께서 약속하신 일이라고……."

"폐부전 환자 말인가요?"

"그렇습니다."

"어떻게 정리를 하셨나요?"

"원장님 말씀이… 진료란 환자의 치료가 우선이고 목적이니 중간 과정은 별 의미가 없다고 하셨습니다. 해서 지금까지 저희 병원이 받은 진료비 전부를 지불하라고 지시하셔서……."

"……."

"가서 정중하게 말씀드리라는 당부와 함께……."

"알겠습니다. 사실 돈을 바란 건 아니고 부원장님께서 어떻게 평가하시는지를 알고 싶었을 뿐입니다. 그러니 이건 그냥 가져가세요."

"원장님……."

"저를 높게 평가해 주셨으니 그걸로 만족합니다. 그러니 병원에 어려운 환자가 있으면 보태서 도와주세요."

"……."

"부원장님께 정말 고맙다고 전해주시고요. 저는 환자들이 밀려서 이만……."

인사로 원무부장을 밀어냈다. 슬쩍 무시를 때리던 강기문 박사가 떠올랐다. 진료비가 공식적으로 책정되었으니 그도 알

일이었다. 지금 어떤 표정일까?

푸훗!

기분이 좋았다.

윤도가 원하는 건 병원의 인정이었다. 이 경우에는, 돈이 중요한 게 결코 아니었다.

4. 먹튀 어깨, 내가 살려 드리죠

　마지막 환자 진료를 끝내고 회식에 돌입했다. 일침한의원이 처음으로 정시에 불을 끈 날이었다. 장소는 1인당 22만 원짜리 일품요리집. 원래는 8만 원짜리로 알아온 정나현이었지만 윤도가 그중 최고 메뉴를 찍었다. 그 정도는 쏠 능력이 되는 윤도였고, 그 정도는 먹을 자격이 있는 직원들이었다.

　"건배!"

　정나현이 일어나 건배를 제창했다.

　"원장님 축하해요!"

　"축하합니다!"

　윤도는 다시 뜨거운 축하를 받았다.

"제 동기들이 여기 사람 안 쓰냐고 난리예요. 처음에는 여기 간다고 하니까 개인 한의원이라고 정신 줄 놨냐고 하더니……."

"저도 그래요. 우리 한의원 분위기 듣고는 다들 미치려고 그러는 거 있죠."

간호사들은 이구동성이었다. 업무 만족도가 그녀들을 행복하게 만들고 있었다.

"이거… 얼마 안 되지만 조금씩 담았어요. 우리, 비록 작은 한의원이지만 의술만큼은 대한민국 최고를 지향하며 열심히 해보자고요."

윤도가 봉투를 내밀었다.

"비싼 회식까지 시켜주시는데 또 무슨 봉투예요? 몸 둘 바를 모르게……."

정나현이 황공한 표정을 지었다.

"뇌물이잖아요? 앞으로도 계속 잘하시라는."

"우리 그런 뇌물 없어도 잘할 수 있는데……."

배연재까지 거들었지만 윤도는 봉투를 거두지 않았다. 봉투에는 300만 원씩 넣었다. 정나현은 500이었고 진경태는 1,000만 원이었다. 돈이 좀 들어왔다고 막 퍼 돌릴 생각은 없었다. 하지만 개업식 이후로 한의원 안정화에 기여한 공을 참작했고 진경태는 말할 것도 없었다.

"원장님……."

여직원들은 폭풍 감동 모드에 들어갔다.

"자자, 늦기 전에 귀가하세요. 아니면 남친들 만나시든지…
회식은 여기까지."

윤도가 자리를 정리했다. 사람이란, 좋은 일이 생기면 누군
가에게 자랑하고 싶어지게 마련이다. 직장인이라면 특히, 보너
스 나온 날이 그렇다. 그 기회를 주는 윤도였다.

"아저씨."

모두가 돌아간 자리, 윤도가 진경태를 바라보았다.

"아무래도 제 돈은 너무 많이 넣은 거 같은데."

진경태가 중얼거렸다.

"그 반대죠. 신약이 제품이 되어서 나올 때까지는 그걸로
참아주세요. 수입 봐서 더 챙겨 드릴게요."

"원장님……."

"자, 이제 다들 갔으니 둘이 오붓하게 한잔할까요?"

윤도가 진경태 잔을 채웠다.

"그럼 딱 두 잔만 받겠습니다."

"왜 딱 두 잔이죠?"

"실은 약제실에 실험 걸어두고 왔거든요? 한 시간 후에 확인
해야 하니 두 잔 마시면……."

"어휴, 아저씨는 정말……."

"뭐, 탓하지 마십시오. 원장님은 나보다 한 수 위시니까."

"알았어요. 그럼 두 병 같은 두 잔으로 끝내자고요."

"좋죠. 그런데 원장님."

진경태가 시선을 반듯이 들었다.

"네?"

"원장님의 꿈은 뭐죠? 갑자기 궁금해졌습니다."

"제 꿈이라면?"

"처음에는 침술명의인가 했는데 신약도 손대시고… 제가 보기에는 그런 걸로 만족하지 않으실 거 같아서……."

"……."

"한편으로는 궁금하기도 하군요. 원장님처럼 하늘이 내린 명침 한의사는 어떤 꿈을 꿀지……."

"갑자기 술 깨는데요?"

"……."

"아저씨는요? 처음에 한약대 갈 때 어떤 꿈이 있었나요?"

"한약사하고 한의사가 같나요?"

"알고 싶습니다."

"그거 뭐… 남들 다 꾸는 꿈… 제대로 된 한약학교 같은 거하나 세우고 싶었죠."

'한약학교?'

"학교 다닐 때 교수님들이 참 안되어 보였거든요. 한약재는산과 들에 있는데 강의실에서 앵무새처럼 앵앵앵… 어느 여름에 지리산에 현장학습을 갔는데 거기 심마니에게 우리 교수님이 지도를 받았어요. 교수님들, 산에 풀어놓으니까 학생이랑

다를 게 없더라고요."

"그거야 오래 강의를 하다 보니 이론 중심으로 변해서… 침구도 비슷합니다. 침구 가르치는 교수님들 중에서 침 잘 놓는 교수님도 흔하지 않아요."

"그러니까요. 저야 재주가 달려서 그런 꿈 못 꾸지만 원장님이라면 한의사들에게 최고의 침술을 장착하게 할 수 있지 않을까요?"

"최고의 침술요?"

"침술은 잘 모르지만 보통 말하기를 침술명의가 100년에 한 명 나네, 300년에 한 명 나네 하지요. 그때마다 이 땅에는 침술 붐이 일고 침술에 대한 신뢰가 올라갔어요. 하지만 그 명의로 끝이지요. 그렇기에 이 땅의 침술 수준이 천차만별이다 보니 양의들에게 밀리고 침술의 인식도 낮아진 게 아닐까요? 고작 삔 데나 고치고 신경통이나 치료하는……."

"아저씨……."

"제가 볼 때… 원장님은 300년 아니면 500년 만에 한 명 나는 침술명의입니다. 어쩌면 이 땅의 침술에 주어진 마지막 기회일지도 모르죠."

"……."

"그냥 제 생각입니다. 원장님이 잘나가시니까 그 비방을 이론화시켰다가 침술을 제대로 가르치는 한의대를 만들거나 교수로 나가셔서 한의사들에게 최고의 침술을 장착시켜 주시면 한의사의 가치가 더 오르지 않을까… 더불어 네이처나 셀지 같은 저명한 곳에 명침 치료의 공인 논문도 발표하고… 그럼 저 같은 한약사들도 곁다리로 가치가 높아져서 대우 좋아지면 좋고요."

"아저씨……."

"자, 비우고 가시죠? 제가 오늘 보너스를 많이 받다 보니 말도 많은 것 같습니다."

진경태가 남은 술잔을 비워냈다. 대리 기사가 도착했다. 진경태는 한의원에 내려주었다. 그는 오랫동안 마당에서 손을 들어 보였다. 그 모습에서 약초처럼 은은한 향이 나는 듯했다. 늘 묵묵히 자기 몫을 다하는 사람… 그래서 늘 고맙고 미더운 사람… 그런 사람이 남긴 느닷없는 질문…….

꿈.

꿈?

윤도는 몰랐다. 윤도는 지금이 꿈인 줄 알았다. 이 정도면 한 사람의 한의사로서 최고의 기반을 가진 셈이었다. 막말로 이렇게만 살아도 부러울 게 없었다.

명의열전 방영 이후로 뜬 윤도. 알레르기 비염과 아토피 치료제까지 실현시키고 SS병원과의 협진으로 부각되면서 또 한 번 주가 대박을 쳤다. 그건 가까운 화암한의원만 봐도 알 수 있었다. 처음에는 누가 봐도 윤도가 꿀리던 풍경. 그러나 이제는 그곳의 환자들조차도 윤도를 찾아오는 경우가 많았다.

그런 와중에 던져진 화두, 꿈.

'채윤도.'

윤도는 스스로에게 말을 건넸다.

너는 정말 운이 좋구나.

진경태 아저씨 같은 사람을 만나다니.

산신령처럼 묵묵하고 속 깊은 사람을 만나다니.

그래…….

꿈을 가져야지.

이미 이루어진 건 꿈이 아니지.

그렇다면 채윤도.

이제 무슨 꿈을 꾸어야 할까?

종종 신약 개발 하면서 비싼 탕제 팔아가지고 한 50층짜리 윤도한방병원을 세워?

나쁘지 않지.

돈에 눈이 멀어서 일침한의원 프랜차이즈도 시작해 볼까?

나쁘지 않지.

그런데 그건 너만 잘되는 거잖아?

한의학이나 한의의 발전은 아니야.

그렇다면…….

진경태 아저씨 말이 맞네?

한의대를 세워서 최고의 침술을 갖춘 한의사들을 양성하면… 껍데기만 채윤도인 프랜차이즈보다 백배는 낫지. 네가

헤이싼시호에서 침술에 눈을 떴듯 이 땅의 신예 한의사들이 전부 수준 높은 침술을 장착하게 된다면?

쳇, 끝내주네. 그럼 한방·양방 협진 정도가 아니라 한방과 양방이 통합될지도 몰라.

채윤도.

우리 한번 질러볼까?

생각하는 사이에 집에 도착했다. 차에서 내려 하늘을 보았다. 어둠 속에 시린 별이 보였다.

그 별빛이 윤도의 이마를 비췄다. 마치 헤이싼시호의 그날, 그 시린 빛처럼.

이른 아침, 다시 윤도가 집을 나섰다.

약제실은 이미 가동되고 있었다.

"원장님. 안녕하세요?"

종일이 인사를 해왔다.

"또 일찍 나오셨네."

진경태는 핀잔 섞인 인사를 해왔다.

"번듯한 꿈 한번 꿔보라면서요? 잘 거 다 자고 꿈 이루는 사람 봤어요?"

"……"

윤도가 응수하자 진경태의 눈이 휘둥그레졌다. 둘이 이미 이심전심에 가까운 호흡이었다. 한의사와 한약사, 그 관계뿐만 아니라 인간적인 신뢰까지 최고의 케미를 이루고 있었으니 윤도의 의도를 아는 진경태였다.

침술.

이것은 혈자리의 마법이었다. 윤도는 하늘로부터 그 재능을 받았다. 그러나 팡팡 놀면서 그 기술을 우려먹는 건 아니었다. 감각은 하늘에서 왔으되 의술로의 연결은 윤도의 노력과 응용력이었다. 의술에도 창의력이 필요하다. 남들이 그려놓은 혈자리를 보고, 여기 침놓으면 낫는다고 쓰여 있는데 왜 환자는 차도가 없다고 할까 하고 탓해서는 안 된다.

혈자리는 생물이다. 그래서 움직인다. 사람에 따라 움직이고 날씨에 따라 움직이며, 질병에 따라 이사도 간다. 그런 공부 없이 빈집 두드려 봤자 치료는 요원하다. 여기저기 찔러보면 하나 걸리겠지 하는 것도 정말 위험한 발상이다. 의서는 하나의 참고 사항일 뿐이지 의서가 치료를 하는 것은 아니다.

혈자리 공부는 섬세한 감각과 명쾌한 머리, 부단한 눈썰미 등이 필요하다. 이 길은 어렵지만 좋은 스승이 있다면 불가능한 것도 아니었다.

소수 정예 한의대.

그런 게 있다면 가능할 수 있었다. 한 학년에 20여 명 정도만 선발하면… 윤도의 경험까지 축적된 뒷날이라면 빛나는 침술을 전수할 수도 있었다.

그러자면 일단은, 난치·불치병 환자들을 치료하며 데이터를 모으는 것. 그런 이후에 대학을 설립해 세계 최고의 명침 대학으로 우뚝 세우는 것. 중국이 앞서 달리는 한의사의 초점을 한국으로 돌려놓는 것. 성형이나 심장병 수술 등을 위해 한국으로 오는 의료 쇼핑 환자들을 한의원으로 이끄는 것.

'좋네.'

후끈한 마음을 안고 첫 환자를 맞았다. 좋은 기분 때문인지 침이 저절로 들어갔다. 그 침은 여러 사람이 웃으며 침구실을 나가도록 만들었다.

'다음 환자는…….'

오늘 시침의 마지막 차례는 프로야구 선수였다. 이름은 차윤길, 포지션은 투수. 무명으로 패전 처리를 도맡던 그는 4년 전에 대반전의 커리어 하이를 찍고 FA 계약으로 중박을 쳤다. 당시 그의 성적은 12승 10패, ERA 3.02를 마크하며 태극 마크를 달고 야구 월드컵에도 나갔다. 이때 소속 팀과 3년 계약에 42억을 받으며 찬밥의 설움을 떨쳐냈다.

하지만 호사다마였다. 이듬해 첫 등판에서 7회까지 2점으로 틀어막으며 전성시대의 개막을 예고했지만 세 번째 등판에서 3회까지 7점을 얻어맞으며 조기에 강판당했다. 이후 어깨 부상이 겹치며 전성시대는커녕 먹튀의 불명예를 쓴 채 수술대에 올랐다.

진단명은 회전근개파열.

야구 선수들, 특히 투수들이 흔히 입는 그 부위의 부상이었다. 이는 어깨를 회전시키는 근육과 인대가 손상되면서 일어나는 부상. 위치에 따라 극상근파열과 극하근파열로 나뉘니 차윤길의 경우에는 극하근파열이었다. 상세 진단은 충돌 증후근의 만성화로 인대가 찢어진 차에 석회성건염이 겹친 상황. 처음에는 DNA 주사 치료를 시도했지만 효과가 없자 수술대에 올라간 것.

차윤길은 일본의 전문 병원에서 스포츠 과학 전문의의 집도를 받아 마찰 부위를 관절 내시경으로 제거하고 파열된 부위를 봉합하는 수술을 받았다.

재활은 순조로워 보였다. 하지만, 그가 던지는 공은 12승의 그때와 달랐다. 2년여의 재활 끝에 미들 맨으로 등판한 날, 그는 한 회조차 넘기지 못하고 4점을 내줘 역전패의 빌미를 제공했다. 이후 몇 번의 등판 과정을 겪었지만 공의 위력은 나오지 않았다. 구단은 결국 그를 포기하는 쪽으로 갈피를 잡았다. 그렇기에 올해 계약에 도장을 찍지 못하면 마운드를 떠나야 할 운명이었다.

하지만!

그는 야구를 포기할 수 없었다. 난생처음 맛본 에이스의 꿈을 놓기에 그는 아직 너무 젊었다. 그는 다른 사연도 있었다. 방황하던 그를 잡아준 아내. 그녀가 낳은 아들. 그 아들이 태어날 때 고사리 같은 손을 잡고 맹세했던 것이다.

"최고는 아니더라도 팀의 5선발은 밀리지 않을게."

그러나 그 맹세는 한 해를 가지 못했다. 그렇기에 어린 아들에게 한 맹세를 지키려고 재활에 매진했지만 어깨는 전 같은 공을 뿌리지 못했다.

승리투수.

단 한 번이라도.

아들에게 보여주고 싶은 그 작은 소망. 그가 윤도를 찾아온 이유였다.

"안녕하세요?"

"안녕하세요?"

차윤길이 원장실에 들어섰다. 그가 인사를 하자 붕어빵 아들도 똑같은 인사를 해왔다. 부전자전이라더니 그런 붕어빵이 없었다.

"안녕하세요?"

아내의 인사가 이어졌다. 그녀는 아주 야무져 보였다. 그리고 그다음… 거기가 압권이었다. 산더미만 한 덩치 네 명이 해일처럼 불쑥 들어선 것이다.

"저희 선배님이십니다."

"제 후배거든요. 얘가 보기보다 새가슴이라 겁 무지 많습니다. 안 아프게 살살 좀 부탁드립니다."

선후배들의 응원이었다.

"아, 진짜… 누가 새가슴이라고… 나가들 있어. 원장님이 겁

먹어서 장침 못 놓으시겠다."

차윤길이 손사래를 쳤다.

"파이팅입니다."

"파이팅!"

동료들은 끈적한 응원을 남기고 나갔다. 좀 우악스럽기는 하지만 보기 좋은 모습이었다.

"앉으세요."

윤도가 자리를 권했다. 일단 상황부터 들었다. 환자들은 말을 하고 싶어 한다. 자신이 다친 과정이나 현재의 상황. 그것만 잘 들어주어도 환자들은 좋아한다. 하지만 팩트는 오직 하나였다.

치료!

그게 뒷받침되지 않으면 친절하지만 실력이 없다로 귀결될 뿐이었다. 의사는 친절을 파는 상인이 아니고 치료를 목적으로 하는 까닭이었다.

"그날 어깨도 좀 무겁고 예감도 안 좋았습니다. 처음에 연타 맞았을 때 그만 던지겠다고 했어야 했는데 팀 분위기상 제가 6회까지는 막아야 해서……."

차윤길의 목소리가 무거워졌다. 그날 그 순간에 시작된 질환. 사실 그것 때문인지, 그 이전부터 축적된 것 때문인지는 알기 어렵다. 하지만 본인이 그렇게 생각하면 그런 것이다.

"지금 애로는 뭐죠?"

윤도가 물었다.

"그게… 병원에서는 문제가 없다고 합니다. 회전근의 염증 소견도 없고요. 수술도 잘되었습니다. 일본의 집도의도 그렇고 한국 의사들도 깨끗하다고 해요. 그런데 아무리 노력을 해도 어깨가 전처럼 돌지를 않습니다. 딱 2% 부족이랄까요? 그러다 보니 배팅 볼 투수가 되어버린 거죠."

"……."

"해도 해도 안 되다 보니 술을 입에 대기 시작했습니다. 처음부터 패전 처리였던 주제에 일장춘몽이었구나 싶은 마음에……."

"저런……."

"올해로 계약이 끝나는데 구단에서는 대략 방출 쪽으로 가닥을 잡은 것 같고… 그날도 투수 코치에게 분위기 듣고 술에 떡이 되어 집에 갔는데……."

"……."

"밤 12시가 넘었는데 이 녀석이 안 자고 기다리고 있는 거예요. 그리고 또박또박 말을 하는 거 있죠. 나는 아빠를 믿어요라고……."

나는 아빠를 믿어요!

"술이 확 깨더라고요. 내가 뭐 하는 짓인가 싶고… 아들 안고 엉엉 울었어요. 그때 아내가 선생님 얘기를 하더라고요. 선생님 활약도 보여주고… 그래, 차윤길 아직 안 죽었다. 마지막 희망을 걸어보자. 그래서 선생님을 찾아오게 되었습니다."

차윤길의 미소에는 소위 '쪽팔림'이 들어 있었다. 아들 때문이었다.

"원장님, 저 딱 1승만 해도 좋습니다. 아들하고 약속은 지켜야 할 거 같아요. 꼭 부탁합니다."

차윤길이 꾸벅 허리를 숙였다. 간절함이 사무치는 인사였다.

"진맥부터 해보죠."

윤도가 침대를 가리켰다. 차윤길이 그 위에 누웠다. 아내와 아들은 그냥 두었다.

프로야구 선수.

한의대 때 들은 강의가 있었다. 프로스포츠가 발달한 지금, 한의사는 세계적인 클럽의 팀 닥터로도 유망하다고. 그러자면 침과 뜸 실력을 배양해야 한다고.

그걸 실감하는 윤도였다. 한국의 프로 선수들… 모든 종목이 그런 건 아니지만 파이가 엄청나게 커졌다. 양대 프로 종목인 야구와 축구는 연봉이 10억을 훌쩍 뛰어넘는다. 이런 선수들을 상대로 부상 관리만 해줘도 최고 대우의 한의사가 될 수 있었다.

진맥.

운동선수라 그런지 큰 문제는 없었다. 사실 이런 맥이 더 힘들었다. 병자는 병자의 맥을 찾으면 되지만 이런 경우에는 활력 속에 숨은 질환의 맥을 찾아야 했다. 마치 큰 선단 속에 숨은 작은 나룻배 하나와 다르지 않았다.

'어디 보자.'

윤도가 집중했다.

'단전… 간과 비장, 그리고 방광……'

윤도의 진단은 엉뚱한 데서 나왔다. 원인도 많았다.

"2%의 원인은 어깨가 아니네요."

차윤길에게 설명하자 눈이 동그랗게 변했다.

"단전과 간, 그리고 비장과 방광이 문제라고요?"

"네."

"그런 말은 한 번도 들은 적이 없는데… 간 기능검사는 얼마 전에도 받았거든요. 오줌도 잘 누는 편이고… 간은 술 때문에 좀 망가졌겠지만 큰 문제는 없다는 말을 들었습니다."

"압니다. 제출한 자료 봤습니다. 술 때문에 γ-GPT가 좀 올라간 거 외에는 T-Protein부터 AST, ALT, Chorestol 등등의 간 기능검사는 지극히 정상입니다. 하지만 간과 비장이 부어 있는 건 사실입니다. 그리고 새끼발가락이 좀 아프지 않나요? 뒷목도 뻐근하고?"

"그거야 제가 투수다 보니 키킹 착지 때문에… 뒷목이야 어깨가 아프다 보니……"

"키킹 문제가 아니고 방광이 안 좋기 때문에 새끼발가락이 아픈 겁니다. 뒷목도 마찬가지고요."

"······."

"한방에서 말하는 질환은 양방처럼 검사상의 수치가 아닙니다. 양방처럼 간 자체가 나빠진 것도 있지만 기혈 작용이 원할지 못함을 이르는 거지요. 음양의 부조화라고 할까요? 나아가 환자분의 직접적인 문제는 회전근 부상인데 회전근과 뼈를 연결해 주는 힘줄을 간장이 주관하거든요. 근육을 싸고 있는 근막도 마찬가지고요. 간장 기혈 조화에 문제가 있으면 근막이 마르면서 힘줄이 당길 수 있습니다."

"팩트는 기가 없다 이거로군요?"

"지금 느낌 어떠세요?"

긴가민가하는 환자를 위해 중완혈 부근을 눌러주었다.

"아프지는 않은데요?"

"제 말은 여기에 힘이 잘 안 들어간다는 겁니다. 그렇죠?"

다시 누르며 물어보는 윤도.

"그런 것 같네요."

대답을 들으며 간수혈과 비수혈에 장침을 넣었다. 비수혈 쪽은 뜨끈한 화침이었다. 간수혈에서 양 혈자리를 조절해 열을 잡았다.

윤도의 진단에 의하면 간의 문제는 두 가지였다. 하나는 기혈 문제지만 또 하나는 위치 문제. 차윤철의 간과 비장은 붓기로 인해 제자리를 벗어나 있었다. 그렇기에 아랫배 쪽에 힘이 들어가지 못했다. 아랫배는 바로 단전. 여러 기능의 미세한 부조화에 더불어 단전에 힘이 실리지 않으니 투구 또한 위력이 붙을 리 없었다.

"지금은 어떠세요?"

발침을 한 후에 다시 중완을 누르며 물었다.

"어?"

"힘이 좀 실리죠?"

"그런데요? 아까하고는 완전히 다릅니다."

"잠깐만 기다리세요."

이번에는 양지와 중완혈에 장침을 넣었다. 단전에 기를 모으려면 삼초 조절이 필수적이었다. 그렇다면 양지와 중완혈이 명혈이다. 양지혈은 삼초의 원혈이니 양지와 중완혈을 제대로 가동 시키면 원기의 사신을 몸으로 맞이하는 셈이 되었다. 말하자면 초특급 영양수액이었다.

장침을 넣고 보사를 맞추자 조금 전보다 명쾌한 감이 왔다. 어깨였다. 침을 찌르면 병소 부위에서 반응이 온다. 병소 부위의 열 때문이었다. 침의 힘이 병소를 찾아가는 것이다.

중완혈의 자침 방향은 하향이었다. 중완은 신묘하다. 침을 위로 하면 침의 힘이 위로 올라가고 아래로 하면 아래로 간다. 다만 옆으로 자침하면 신경으로 향한다. 중완의 침에서 어깨의 신경을 달래주었다. 그런 다음, 백회혈에 한 방을 더 꽂았다. 양지와 중완, 백회혈은 아무래도 세트로 쓰는 게 좋은 까닭이었다.

간장과 비장이 꾸물거리는 게 느껴졌다. 붓기가 빠지면서 장기가 원래의 자리로 돌아가는 것이다. 미세하지만 인체란, 이 미세함으로 인해 온갖 조화와 부조화가 일어나는 우주였다.

"이제 더 편안해질 겁니다."

또 하나의 장침이 하완으로 들어갔다. 자리 잡은 간장과 비장에 대한 안정화 매조지였다.

"이건 방광 쪽 명침인데… 조금 따끈할 겁니다."

방광경에 넣는 장침은 진짜 화침이었다. 손가락이 내는 열보다 더 짜릿한 자극이 필요했으니 침 끝을 불에 달구어 혈자리에 넣었다. 화침은 방광 경근 안에 도사린 사기(邪氣)를 몰아냈다.

"새끼발가락 어때요?"

"……?"

"뒷덜미도 좋아졌을 겁니다."

"……"

"힘줄이 상한 원인은 아마 스트레스 때문이 아니었을까 싶네요."

"스트레스라고요?"

"차 선수 질환의 히스토리를 살펴봤더니 커리어 하이를 찍은 이듬해에 발생했어요. 아들이 태어난 해죠."

"그때는 스트레스가 아니라 즐거움의 연속이었는데요? 대우도 최고였고…….”

“바로 그겁니다. 마음은 즐겁지만 몸은 긴장의 연속이었죠. 이 좋은 성적을 지켜야 한다는 강박… 그러나 커리어 하이를 찍은 해에 이미 무리했던 몸에 혹사가 되었던 겁니다. 마음이 즐거워도 몸을 과로 시키면 힘줄이 상하거든요.”

“그러고 보니 딱이네요. 제 마음이 그랬습니다. 평생 한 번 온 10승 투수의 영광. 그로 하여 받게 되는 최고의 대우… 어떻게든 그걸 지켜야 한다는 마음이 엄청나게 강했죠. 지금은 꿈이 되어버렸지만…….”

“그날, 아주 지나가 버린 거 아닙니다.”

“예?”

“다시 찾아야죠.”

“원장님…….”

“그러려고 저 찾아온 거 아닙니까?”

“정말 가능한 겁니까?”

“한 가지만 약속해 주시면 가능하게 만들어보죠.”

“어떤 약속을?”

“일단 금주!”

“그건 맹세하겠습니다.”

“그리고 다시 10승 투수를 목표로 매진. 1승이 꿈이라면 너무 슬프지 않을까요?”

“원장님.”

"한번 도전해 보자고요. 저와 차 선수, 그리고 가족이 합심해서."

"어깨만 풀린다면야."

차윤길의 눈동자에 힘이 들어갔다. 윤도를 믿는 것이다. 윤도는 환자의 팔뚝을 툭툭 쳐주고 장침을 뽑았다.

남은 건 어깨였다.

"투구 동작 때 어깨가 조금 땡기는 감이 온다고 했죠?"

"예."

"그걸 해결해 드리겠습니다."

장침이 수분혈에 들어갔다. 어깨가 땡기는 걸 막으려는 자침이었다. 투수는 섬세하다. 사소하지만 자연스럽지 않은 느낌이 오면 투구를 망친다. 연주가의 경우도 마찬가지다. 사소함을 막지 못하면 불협화음을 각오해야 했다.

나머지 조절은 손과 발의 혈자리를 빌렸다. 이미 수많은 물리치료와 뜸 등으로 피로에 쩐 어깨는 건드리지 않았다. 어깨가 아니고도 공략할 혈자리는 많았다.

20분.

마무리는 그것으로 충분했다.

땡!

세팅된 타이머가 벨을 울리자 발침을 해주었다.

"이제 움직여 보세요. 그렇다고 너무 무리는 마시고요."

윤도 말에 차윤길이 투구 모션을 취해 보였다.

"응?"

"어때요?"

"잠깐만요."

차윤길은 몇 번 더 투구 모션을 취했다. 그 몇 번 동안 얼굴은 점점 더 밝아졌다.

"이야!"

마음에 드는지 감탄이 나왔다.

"괜찮아요?"

옆에 있던 아내가 물었다.

"어깨가 너무 자연스러워. 배에도 힘이 딱 들어가는 데다 새끼발가락의 은근한 통증까지 없으니까 스윙이 굉장히 편안해졌어."

"정말요?"

"투수 코치가 이번 주말에 마지막으로 체크 피칭 한번 하고 계약할지 말지 결정하겠다고 했는데 이 정도면 문제없어. 아니, 계약 거부하면 다른 구단 가도 될 거 같아."

"여보……."

"성민아, 아빠 팔 다 나은 거 같다. 내년에는 반드시 1승 먹을게. 아니 10승이지."

차윤길이 아들을 들어 올렸다.

"나는 아빠를 믿어요."

아들이 차윤길의 얼굴에 기대며 말했다. 얼굴이 붙으니 붕어빵 제대로 인증이다.

"아, 짜식……."

두 붕어빵의 미소가 합쳐지니 실내가 더 환하게 변했다.

"원장님, 고맙습니다. 제 인생의 은인이십니다."

차윤길이 깍듯이 인사를 해왔다.

"아직 끝은 아니고요, 간장과 비장, 방광을 좀 보해야 하거든요. 좋은 약으로 탕제 지어드릴 테니 빼먹지 말고 드시고 2주 후에 한 번 더 시침을 받으세요. 그럼 문제없을 겁니다."

"알겠습니다. 뭐든 시키는 대로 하겠습니다."

차윤길의 입은 여전히 다물어지지 않았다.

"고맙습니다."

아내와 아들까지 합세해 삼중창의 인사를 한 후에야 물러갔다. 물론 한 차례가 인사 소동이 더 이어졌다.

"채윤도 원장님 파이팅!"

네 덩치 동료들의 함성이 한의원을 흔들었다. 간호사들이 조용하라며 정숙을 요청했지만 대기 중인 손님들도 웃고 말았다. 기쁜 마음에서 나온 함성은 결코 공해가 아니었다.

근본.

그 근본 치료가 또 한 건의 희망을 지구에 심은 날이었다. 병이 아니라 몸을 고친 것이다.

소의치병(小醫治病), 중의치인(中醫治人), 대의치국(大醫治國)이라는 말이 있다. 의사는 병을 고치고 명의는 사람을 고치며,

신의는 나라를 고친다는 뜻이다. 의술의 갈림길이 거기에 있었다.

오늘은 단전이 유용하게 쓰였다. 사람은 단전이 중요하다. 여기에 힘이 없으면 무엇을 해도 매가리가 없다. 한의학에서도 마찬가지로, 단전은 인체에서 가장 중요한 곳으로 삼는다.

단전.

윤도는 그 단전을 슬슬 문질러 주었다. 윤도에게도 단전이 중요하기는 다르지 않았다.

5. 셀프 디스의 진수

이슬비가 내렸다. 작은 정원이 촉촉이 젖었다. 태독이 심한 아이를 시침했다. 화암한의원에 다니다 온 환자였다.

"미용 약침처럼 돈 되는 환자만 반기지, 우리 아이 같은 환자는 찬밥 대접이라⋯⋯."

어머니가 치를 떨었다.

크게 개의치 않았다. 환자들은 자기 병을 낫게 하지 않으면 불만이 많다. 화암한의원에서 이런 컴플레인을 달고 온 환자가 한두 번이 아니지만 그렇게 흘려들었다. 그 원장 역시 한의사 중에서는 실력자로 소문난 사람. 그를 깎아내리고 그 위에 설 생각은 없었다.

태독…….

아이의 병은 부모에게 주는 근심이 크다. 그동안 상심이 많았을 테니 기죽마혈에서 원샷으로 끝장을 내주었다. 침을 뽑자 머리와 얼굴에 지도를 그리고 있던 태독이 연해지는 게 보였다.

"어머어머, 어쩜……."

어머니가 너무 좋아했다.

"자고 나면 많이 나을 거고… 나머지는 수일 내에 없어질 겁니다. 혹 다 가시지 않거든 일주일 후에 한 번 더 오세요."

"고맙습니다. 원장님. 이렇게 간단한 걸 가지고 특제 약침을 맞아라, 특별 탕제를 먹여라 하다니… 어휴, 진작 여기로 올 걸."

어머니는 회한을 남기고 원장실을 나갔다.

"원장님."

옆에 있던 정나현이 운을 떼었다.

"왜요?"

"화암한의원 말이에요."

"뭐 그 얘기는 안 하는 게……."

윤도가 막아버렸다. 사실 탁상명 원장과 윤도는 가는 길이 다르다. 그렇기에 그쪽의 진료에 대해 왈가왈부할 생각이 없었다.

"알겠습니다."

뭔가 할 말이 있는 것 같던 정나현, 윤도의 태도에 밀려 입을 닫아버렸다.

"오늘은 오전만 진료하는 거 아시죠? 오후에 TS전자 의무실에 가봐야 해요."

"걱정 마세요. 예약은 다 조절해 두었으니까요."

"배 샘과 김 샘은 이런 날 교대로 쉬게 조치해 주세요."

"네에, 원장님."

정나현은 반색을 하고 나갔다.

오전 진료만이라서 그런지 환자 수가 많았다. 쉴 새가 없었지만 괜찮았다. 마무리 차례에 예약 없이 바로 내원한 환자 둘을 받았다. 아무리 예약제로 해도 그걸 모르고 오는 사람들이 있었다. 그럴 때면 사안을 보아 한두 명씩 끼워서 진료하는 윤도였다.

그런데…….

"채 선생!"

들어선 환자가 목청을 높였다. 고개를 든 윤도도 놀라고 말았다. 시원한 목청의 이 중년 남자. 갈매도에서 깊은 인연을 맺은 용천규 부장검사였다.

"아니지. 이제 개업하셨으니 원장님이시지?"

용 검사가 반색을 하며 악수를 청했다.

"호칭이야 아무럼 어떻겠습니까? 앉으세요."

윤도도 그를 반가이 맞았다.

"이야, 같은 서울에 있으면서 감쪽같이 몰랐네. 내가 서울로 와서 촌뜨기 딱지 떼느라 일에 전념하다 보니……."

"저도 검사님 덕분에 올라온 겁니다."

"내가 뭘? 나야말로 채 원장님 덕분에 주요 범인들 일망타진하고 서울로 영전된 건데."

"일이 그렇게 되나요?"

"그나저나 소문이 굉장하시던데?"

"들으셨어요?"

"그럼."

"소문만 그렇습니다. 어디가 불편해서 오셨어요?"

"뭐 실은 겸사겸사 왔다가 떡 본 김에 제사 좀 지내려고 간호사들 좀 협박했지. 진료 안 봐주면 한의원 뒤집어주겠다고."

용 검사가 앞의 말을 대충 얼버무렸다.

"어이쿠, 열일 제치고 봐드려야겠군요."

뭔가 할 말이 있는 눈치. 윤도는 모른 척 장단을 맞췄다.

"허리가 말이야. 그때 원장님 덕분에 다 나았는데 얼마 전에 무리를 해서 또 삐끗했어요. 될까?"

"일단 맥 좀 보고요."

"그래. 이거 내가 어제 용꿈을 꿨나 보네. 여기가 원래 예약 아니면 안 된다지?"

용 검사가 손을 내밀었다. 이제 장년에 접어드는 용 검사. 당연히 여기저기 아픈 곳이 많았다.

"침구실로 가시죠. 시원하게 장침 몇 대 찔러 드리겠습니다."

"그럼 잘 부탁합니다."

침구실 침대에 누운 용 검사, 아이처럼 고분고분 지시에 따랐다. 첫 침은 거료혈에 넣었다. 거기 자침을 하니 침감이 왼쪽 다리 전체로 빨려 들어갔다. 옆구리 아래부터 뒤쪽 종아리까지 전부 땡기는 상황이었다. 좌골 신경통은 디스크로도 통한다. 다른 경우가 있지만 추간판 때문에 오는 게 많았다. 허리의 명문과 요양관, 요유혈에도 한 방씩 찔렀다. 그대로 승부혈을 타고 가 위중을 거쳐 복숭아뼈 부근의 곤륜혈까지 달렸다. 발목에서 차곡차곡 침을 쌓았다. 구허와 복참, 신맥, 경골, 지음혈을 빼곡하게 장악한 것이다.

"어떠세요?"

명문혈에서 전체의 기혈 조화를 체크하며 물었다.

"굿이에요, 굿!"

용 검사가 엎드린 채 엄지를 세워주었다.

"이제 하실 말씀 있으면 하세요."

분위기가 좀 조성되었다 싶을 때 윤도가 운을 떼었다. 뭔가 말하기 곤란한 '거리'가 있는 눈치였기 때문이었다.

"아, 그게 말이지… 실은 원장님 쪽에 재미난 일이 생겨서 말이야… 얘기가 좀 긴데 침 빼고 차나 한잔하면서 어때?"

용 검사는 아직 망설이고 있었다. 별로 좋은 뉘앙스는 아니었다.

"그러죠."

바로 그때, 정나현이 급히 들어섰다. 그녀답지 않게 초조한 눈빛이었다.

"원장님!"

"……!"

그녀의 얼굴을 보는 순간, 불길함이 머리를 스쳐 갔다.

"타이머 울릴 때까지 움직이면 안 됩니다."

용 검사에게 당부를 하고 침구실을 나왔다. 원장실로 가니 불청객이 기다리고 있었다.

"무슨 일이죠?"

윤도가 물었다.

"경찰입니다."

50대 초반의 형사 팀장이 신분증을 내밀었다. 형사를 동반한 그는 꽤나 위압적인 표정이었다.

"경찰이 무슨 일로?"

"치료약으로 금지 마약을 쓰고 있다는 신고가 들어왔습니다. 약침하고 약재들 좀 볼 수 있을까요?"

"마약이라고요?"

"탕약실 어딥니까?"

"이봐요? 뜬금없이 마약이라뇨?"

"어허, 알 만한 분이 왜 이래요? 이러시면 정식 영장 받아다가 뒤집어놓는 수가 있습니다. 좋은 게 좋은 거라고 떳떳하면 협조하세요."

팀장은 윤도를 지나 약제실로 향했다.

"그래도 느닷없이……."

윤도가 쫓아갔지만 동행한 형사가 윤도를 제지했다. 팀장은 벌써 약제실 문을 열고 있었다.

"금지 마약이라고요?"

진경태 역시 펄쩍 뛰었다. 그는 중요한 법제를 진행 중이었다. 팀장은 여기저기 약재를 쑤셔대고 있었다.

"이거 왜 이럽니까? 약재 매입 서류 다 보여 드리겠습니다."

진경태가 팀장을 막았다.

"이 양반이 찔리는 데가 있나 왜 이렇게 나대? 공무집행방해죄로 체포해 드릴까?"

팀장은 일방통행이다. 말투 또한 거의 협박 수준이었다.

"뭔지 모르지만 다 협조할 테니 차근차근합시다. 마약 신고라니 대체 누가 말입니까? 우리 한의원에서 피해를 본 환자라도 있다는 겁니까?"

윤도가 나섰다.

"아니면? 여기서 침 맞고 탕약 먹은 사람들이 백발백중 낫는다면서요? 그런 게 가능하오? 당신이 허준이야? 예전에 내가 의약분업하기 전에 기가 막힌 약사 한 놈 처넣은 적이 있는데 그 친구 수법이 딱 이거였소. 약에 마약성 진통제 잔뜩 갈아 넣어서 처방… 신경이 마비되니 바로 안 아플 수밖에.
환자들은 그 약국 약만 먹어야 하고."

"이봐요. 그건 우리 원장님에 대한 모독입니다."

진경태가 목청을 높였다.

"모독인지 뭔지는 검사해 보면 알 일이고. 옆으로 물러서
서. 아, 여기서 쓰는 장침도 제출하시오. 특별 장침이니 뭐니
하면서 침 끝에다 금지 마약을 일상적으로 바른다고 하던데?"

"뭐라고요?"

"뭐 해? 빨리빨리 진행하지 않고."

팀장이 형사를 독촉했다. 형사가 약재와 탕제 샘플을 채집
해 들고 나갔다. 그때 한 손이 다가와 형사팀장의 팔뚝을 잡
았다. 용천규 검사였다.

"당신은 또 뭐야?"

팀장이 눈을 부라리며 위세를 떨었다.

"그러는 당신들은 뭐요?"

용 검사가 묵직하게 그 말을 받았다.

"이 양반이 보아하니 뭐 모르고 온 환자인가 본데 얼른 가
시오. 여기 한의원은 조사를 좀 받아야 하니까."

"영장은 있소?"

"당신이 뭔데 그런 것까지 참견이야?"

"당신 종로경찰서 소속이지?"

"그렇소만?"

"그럼 얘기는 들었겠네. 당신 관할지청에 얼마 전에 저기 남쪽 깡촌에서 영전해 올라온 촌뜨기 부장검사가 하나 있다는 거."

"……?"

"그게 나요."

용 검사가 신분증을 내밀었다. 그걸 본 팀장 안색이 바로 사색으로 변했다.

"용천규 부장검사님?"

한마디와 함께 팀장이 흠칫거렸다.

"그렇잖아도 불러들일 생각이었는데 잘 만났군."

"……."

"당신 백장술 계장 알지? 오승일 검사 방의 늙다리 계장."

"알기는 합니다만……."

"표정이 왜 그래? 알아보니 아삼류이시던데?"

"……?"

"여기서 쪽팔릴래? 아니면 나가서 쪽팔릴래?"

"……."

"허튼 생각 말아. 백장술 쪽에는 이미 자백도 다 받아놨으니까. 당신 둘이 짬짜미해서 병의원과 건강 미용 식품 사장들 상대로 줄창 해먹었더만?"

"……."

"오늘도 그래서 이 짓이고?"

"뭔지 모르지만 오해입니다. 저는 열심히 수사만 한 죄밖에 는……."

"오해?"

"예?"

쫙!

거기서 용 검사의 손바닥이 바람을 갈랐다. 한 대가 아니었다.

쫙!

또 한 번의 파열음이 들리며 팀장의 얼굴을 제자리로 돌려 놓는 용 검사였다.

"그 나이 처먹고 쪽팔리지도 않아? 게다가 팀장 정도면 연 봉도 밥은 처먹고 살 만할 텐데."

"……"

"마 수사관, 들어와. 마침 여기 이강찬 팀장이 계시군. 아까 논의한 거 그냥 진행하라고."

용 검사가 전화를 때렸다. 잠시 후에 검찰 수사관 두 명이 들어섰다.

"이 친구가 말이야 나보고 오해라네? 열심히 일한 죄밖에 없다나? 어떤 일을 열심히 했는지 좀 보여 드려."

용 부장이 지시하자 수사관이 수사일지를 팀장 얼굴에 디 밀었다. 그가 뇌물을 수수하고 병원 한의원 원장과 이사장 등 에게 향응을 받은 기록이었다. 심지어는 성 접대까지 서너 차레 있었다.

"틀린 거 있나? 백 계장은 다 실토하던데? 둘이 중학 동창이라며?"

"……!"

"나참, 마누라와 딸 데려다 무료 성형도 받게 하고… 본인도 쌍꺼풀 수술?"

수사관의 팩트 제시에 형사 팀장은 결국 고개를 떨구고 말았다.

"갑시다."

수사관이 형사팀장의 팔을 끌었다.

"잠깐."

그 어깨를 용 검사가 잡았다.

"……?"

"갈 때 가더라도 채 원장님께 사과는 하고 가야지. 이분은 당신처럼 썩은 견찰이 간 볼 사람이 아니거든."

"……."

"못 해?"

"죄송합니다."

팀장이 마지못해 고개를 숙였다. 수사관들은 다시 팀장의 팔을 잡아끌었다.

"용 검사님 대체……."

상황이 정리된 후에야 윤도가 말문을 열었다.

"아, 이거 미안하게 되었네. 일이 찝찝해서 침 좀 맞은 후에 천천히 말하려고 했는데⋯⋯."

"⋯⋯?"

"실은 얼마 전부터 검경에 계속 신고가 들어왔어. 마약 장침을 쓰는 한의사가 있다고 말이야. 내가 서울로 온 지 얼마 안 되다 보니 다른 업무가 바빴어. 그래서 신참 검사에게 맡겼는데 알고 보니 거기 늙은 계장 놈이 비리에 닳고 닳은 여우더라고. 은밀히 재검토를 했더니 시기의 대상이 채 원장님이더라고. 채 원장이 잘나가니까 누군가 그걸 시기해 한번 밟아달라고 청탁을 넣은 모양이야. 그 모양새 갖추느라고 검찰에 투서를 넣었던 거고."

"⋯⋯."

"그래서 내사 끝내고 채 원장에게 사연도 전할 겸 찾아온 건데 코앞에서 불상사가 일어났군. 이해하시게."

"시기라면 대체 누가?"

"수사상 관련 인물들을 알려주는 건 금지되어 있네. 하지만 채 원장이 직접 목격하는 건 불법이 아니니 우리 수사관들 따라가 보시게나. 멀지도 않으니."

말을 마친 용 검사가 앞섰다.

"같이 가보시죠."

윤도가 돌아보자 진경태가 등을 밀었다. 아직도 황당기가 가시지 않은 진경태. 내력을 알아야 하겠다는 의지가 엿보였다. 수사관들은 저 건너편의 한의원 앞에 차를 세우고 있었다.

"설마 화암한의원 탁상명 원장?"

윤도가 소스라쳤다. 하지만 정나현이 확신을 더해주었다.

"맞을 거예요."

"정 실장님."

"아까 말씀드리려다 원장님이 그쪽 얘기는 말라기에 덮었는데 거기 상담실장이 제 동창이거든요. 얼마 전에 원장 닦달이 싫어서 사표 냈는데 원장님 무척 씹는다고 했어요."

"나를요?"

"입에 담을 말이 아니지만… 마약 쓰는 게 분명하다고 수사기관에 투서를 보내라는 회유와 압박까지 있었다고……."

"……"

"아, 진짜 못된 놈이군요. 어떻게 그렇게까지."

진경태가 핏대를 올렸다.

결국 윤도와 진경태, 정나현이 도로로 나왔다. 화암한의원 빌딩 앞에 선 용 검사가 보였다. 잠시 후에 탁상명이 나왔다. 다른 수사관 둘과 함께였다. 그 눈빛이 윤도와 마주쳤다.

"……!"

"……!"

명의열전 녹화 이후로 다시 마주치는 눈동자. 이번에는 그가 먼저 눈빛을 돌렸다. 입이 백 개 있어도 할 말이 없을 순간이었다.

"당신이 우리 원장님 모함한 거요?"

진경태가 나섰다.

"⋯⋯."

탁상명은 당연히 입도 벙긋하지 못했다.

"당신, 내가 경고하는데 우리 원장님 뒤통수 한 번 더 노리면 그때는 내 손에 죽어."

진경태가 매운 경고를 날렸다. 얼굴이 일그러진 탁상명은 그대로 수사관들 차량에 태워졌다.

"아, 아까 형사 하나가 마약 검사를 위해 약재를 공인 분석 기관에 보냈다고 하던데 곧 돌려 드리라고 하겠네."

볼 일을 끝낸 용 검사가 윤도에게 말했다.

"아니, 그냥 진행하게 두시죠."

"응? 그냥 두라고?"

"누군가 의심을 한다면 공인 기관에서 검사 한번 받아보는 것도 좋을 거 같아서요. 물론 바람직한 과정은 아니지만요."

"채 원장!"

윤도의 배포와 자신감. 용 검사까지 압도하고 있었다. 윤도는 농담이 아니었다. 이런 시비는 늘 있을 수 있었다. 때로는 병원 쪽에서 한의사를 간 보기도 한다. 그러나 약재 관리에 자신이 있는 윤도. 전화위복의 기회로 삼고 싶었다.

"허어, 저 양반 운도 없군. 이런 상대를 넘보다니."

용 검사는 차 안의 탁상명을 향해 혀를 차고 멀어졌다.

"저, 잘했죠? 아저씨."

윤도가 진경태를 바라보았다.

"그런 거 같습니다. 저도 거기까지는 생각지 못했는데……."

"자칫하면 이 일 자체가 어수선한 느낌으로 남을 수 있어요. 그러니 어차피 가져간 약재는 공인 검사를 받는 게 좋아요. 게다가 검사비도 공짜잖아요?"

윤도가 웃었다.

뇌물 공여.

탁상명의 죄목이었다. 그 정도로는 구속될 사안이 아니었다. 돈 많이 번 한의사니 변호사 세워 벌금 몇 푼 내면 끝날 일이다. 하지만 돈이 문제가 아니었다. 그의 기반은 방송이다. 방송을 이용해 자신의 유명세를 알리고 돈을 번다. 그 방송 출연에 치명적인 결격 사유가 생긴 것이다.

그런 쪽이라면 부용이 전문가다. 윤도가 마음만 먹으면 당장 부용에게 협조를 부탁할 수도 있었다. 그렇게 되면 탁상명은 방송에서 매장이었다.

윤도 뒤통수를 치려다 뇌진탕급 셀프 디스!

딱 그 꼴이었다.

6. 심장판막의 스위치가
자궁에 있다고?

끼익!

윤도의 흰 스포츠카가 멈췄다. TS전자 본관 앞이었다.

"어서 오시게."

현관에 나와 있던 김 전무가 다가왔다. 옆에는 간호사 둘이
보였다.

"저 기다리신 겁니까?"

차에서 내린 윤도가 물었다.

"채 실장 기다리는 사람이 한둘이 아니라네."

김 전무가 웃었다.

"가세나."

김 전무가 몸소 안내를 자처했다. 그를 따라 회장실부터 들렀다.

"이어, 채 실장."

책상에서 서류를 검토하던 이 회장이 일손을 놓고 일어섰다.

"이거 면목이 없네."

이 회장이 입맛을 다셨다.

"무슨 말씀이신지……."

"우리 사돈 일 말일세. 내가 진웅이 녀석에서 채 실장 부담 주지 말라고 그렇게 말했는데……."

"아닙니다. 한의사 할 일이 환자 진료 아닙니까? 제게도 보람된 일이었습니다."

"아무튼 정말 고맙네. 덕분에 우리 며느리한테도 대우받기는 한다네."

"다행이군요."

"어쨌거나 채 실장은 진짜 신의(神醫)야. 사돈 일까지 가능하리라고는 꿈도 못 꿨다네."

"그럼 신의 체험 한 번 더 해보시겠습니까?"

"신의 체험?"

"받으십시오."

윤도가 작은 약상자를 꺼내놓았다.

"뭔가?"

"신의의 선물입니다. 그렇게 생각하고 복용하시면 회장님이 원하는 걸 얻을 겁니다."

"내가 원하는 거?"

"전에 중국 상무위원에게 양보하신 거 말입니다."

"그, 그럼 이게?"

이 회장의 눈이 휘둥그레졌다.

"복용법은 그때 말씀드렸죠? 그럼 저는 진료 보러 갑니다."

"채 실장!"

"아, 혹시나 해서 말씀드리는데 약값은 이미 충분히 받았으니 절대 봉투 같은 거 주시지 말기 바랍니다. 만약에 봉투 준비하시면 그 약 회수할 겁니다."

"......"

"그럼......"

잠시 문 앞에 멈췄던 윤도가 그대로 회장실을 나갔다. 이 회장은 멍한 시선을 거두고 약상자를 열었다. 그 약이었다. 이빨을 나게 하는 영약환......

"허어......"

"회장님… 축하드립니다."

김 전무가 반색을 했다.

"저 사람은 아무래도 내 구세주인가 보네. 그렇지 않고서야......"

이 회장은 영약환을 든 채 오랫동안 중얼거렸다. 상무위원에게 양보한 후로 까맣게 잊었던 이빨 영약. 윤도가 다시 수고를 더해 가져왔으니 감격이 남다를 수밖에 없었다.

이 회장이 핸드폰을 열었다. 사진이 나왔다. 상무위원의 그것이었다. 중국으로 돌아가 당을 이끄는 상무위원. 이빨이 가지런히 나자 감사의 인사와 함께 사진을 보내왔었다. 사진에 난 이빨은 어린 아이의 그것처럼 희게 반짝거렸다.

셰셰[謝謝]!

사진 아래 찍힌 감사의 중국 문자. 후회는 하지 않지만 너무나 신기한 그 영약. 그게 이 회장의 손에도 들어온 것이다.

'채윤도……'

이 회장은 저절로 미소가 났다. 글로벌 경영을 하면서 수많은 걸물을 만난 이 회장. 하지만 윤도처럼 인상적인 경우는 처음이었다.

"진료 시작할까요?"

의무실에 들어선 윤도가 가운을 걸쳤다. 목소리는 더 없이 명랑했다. 잠시 후에 김 전무가 뒤따라 들어섰다.

"채 실장."

"환자는 몇 명이나 되나요?"

"그보다 수고했네. 회장님 지금 감격해서 기절해 계시다네."

"보기보다 마음이 약하시군요."

윤도가 웃었다.

"한의사가 왜 그러시나? 이빨 없는 고통, 모르는 사람은 모르지."

"그건 맞습니다."

"진료는 네 명 추렸네. 임원에서 두 명, 직원들 두 명."

"더 많아도 상관없는데요?"

"그 또한 회장님 엄명이셨네. 직원들 줄 세워서 채 실장 애 먹게 하지 말라는……."

"어쨌든 시작하겠습니다."

"오케이, 채 실장 스타일은 직원들 먼저지?"

"기억해 주셔서 고맙습니다."

여직원을 일타로 받았다. 사실 윤도도 TS전자의 직원들이 궁금했다. 여기 근무하면 일단 한국의 엘리트로 봐야 했다. 연봉도 높다. 그런 사람들은 어떤 병 때문에 고민하고 있을까?

"안녕하세요?"

여직원은 표정이 밝았다.

"영광이에요. 유명하신 명의에게 진료를 받게 되어서."

"저도 영광입니다. 공식적으로는 여기서 첫 환자십니다."

"어머, 그럼 저 인증샷 한 장 찍어도 돼요?"

"저하고요?"

"네."

"그러시죠."

윤도가 허락을 했다. 여직원은 가장 자신 있는 각도로 셀카를 찍었다. 윤도 역시 최대한 자연스러운 미소를 지어주었다.

"어디가 불편하시죠?"

"저기……."

여직원이 주저했다.

"곤란하시면 손 좀 줘보시겠어요."

윤도는 바로 진맥에 들어갔다. 여자는 섬세하다. 그렇기에 직접 말하기 어려운 질환도 많았다.

"소변 때문에 오셨군요?"

"어머!"

여직원이 소스라쳤다. 가려운 곳을 짚어낸 까닭이었다.

"족집게세요. 진맥만 하시고도 아시네요?"

"소변 횟수가 너무 많은 거죠?"

"네… 남들에게 말도 못 하고… 화장실에 자주 들락거리니까 담배 피러 가는 줄 아는 동료도 있다니까요."

"침대에 누워서 하의를 벗으세요. 팬티는 음모가 보일 때까지 최대한 내리시고요."

주문은 간결하게 끊어 말했다. 혈자리가 음모 부근이기 때문이었다. 자칫 웃음이라도 섞이면 환자는 수치심을 느낄 수 있다.

윤도는 장침 세 개를 뽑아 들었다. 첫 침은 중극혈로 들어갔다. 위치는 관원과 곡골혈의 중간 지점. 즉 배꼽과 음부를 중심으로 볼 때 음부 쪽에 가까운 자리였다.

중극혈은 인체의 중간을 뜻한다. 여성의 생식기에 관련된 질환에 두루 쓰이는 하복부의 요혈이다. 응용하면 자궁근종에도 쓸 수 있다. 다음 침은 조금 더 아래로 내려갔다. 장침은 살짝 드러난 음부의 터럭에서 좌우 대칭으로 들어갔다. 거기가 귀래혈이었다.

후끈!

윤도 손끝에 불덩이가 돌았다. 화침으로 작렬하는 것이다. 침감은 부드럽게, 그러나 강력하게 퍼져 나갔다.

"기분 어떠세요?"

타이머를 맞추며 윤도가 물었다.

"기분인지… 요도 끝이 늘 찜찜했는데 시원해지는 거 같아요."

"침 뽑으면 더 좋아질 겁니다."

잠시 쉬었다가 침을 뽑았다.

"시원하죠?"

"네, 사실 다른 때 같으면 지금 또 화장실 가야 할 타임인데……."

여직원 입가에 미소가 돌았다.

"이제 괜찮을 겁니다. 마음 편안히 가지고 근무하세요."

"와아, 침이 이렇게 좋은 줄 몰랐어요. 너무 신기해요."

"믿어주신 덕분이죠 뭐. 환자가 신뢰하면 침이 보답을 하거든요."

"고맙습니다. 선생님."

여직원은 만족한 얼굴로 의무실을 나갔다. 첫 환자 진료는
성공적이었다.

"안녕하세요?"

두 번째 환자도 여직원이었다. 나이는 30대 중반이었다.

"저는 심장 때문에 왔는데… 이런 것도 한방에서 되나요?"

여직원이 물었다.

"심장이 어떻게 안 좋은데요?"

"심장이 부었고 판막에 이상이 있다고 해요. 병원에서 조금
더 지켜보다가 수술을 해야 할 것 같다고 해서요."

"언제 알았죠?"

"올해 정밀 검사에서요. 평소에 등산이나 계단 오를 때 약간
숨이 찼는데 그냥 운동 부족으로 알았어요. 그러다 우수사원
으로 뽑히면서 건강검진권이 나와서 검사해 본 건데……."

"손 좀 줘보세요."

바로 진맥에 들어갔다.

왼쪽 심장이 비대했다. 오른쪽보다 30%는 부은 듯했다. 심
장비대는 승모판 때문에 생긴다. 이 판막은 심장 안에서 피가
심방에서 심실로 흐르게 조절한다. 하지만 어떤 이유로 이 판
막이 제대로 닫히지 않으면 심실에서 심방으로 피가 역류해
심장이 붓게 된다. 문제는 일상생활에서 큰 증상을 느끼지 못

한다는 것. 하지만 자칫 방치하면 일부 돌연사를 할 수도 있고 부정맥이 되어 혈전으로 뇌혈관을 막으면 중풍을 만날 수도 있었다.

'원인은 삼초와 자궁.'

윤도는 본질을 알았다. 사실 심장은 웬만해서는 병이 생기지 않는다. 그렇기에 심장에 문제가 생기면 다른 질환을 의심해 봐야 한다. 심장이 오장육부에 연결된 까닭이다. 이 환자는 삼초의 기 정체가 문제였다. 삼초와 심장은 뗄 수 없는 관계다. 거기에 자궁의 위치가 바르지 않아 심장판막에 이상을 초래한 것이다. 그러니까 이 경우의 심장판막 열쇠는 자궁이 쥐고 있는 셈이었다.

"자궁 위치가 안 좋다고요?"

윤도 설명에 그녀가 고개를 들었다.

"네."

"그런 말은 못 들었는데……."

"자궁 위치 검사를 해봤을 리 없으니까요."

"그건 그렇지만……."

"아마 평소에는 심장보다 아랫배가 안 좋았을 겁니다. 자궁의 위치가 좋지 않으면 아랫배가 좋을 리 없거든요."

"그건 맞아요. 아랫배에 소소한 병을 달고 살아요."

"손발도 차고요."

"네……."

"저 안에 들어가서 옷 다 벗으시고 거울을 보세요. 몸이 한쪽으로 기울었을 겁니다."

"어머!"

확인을 하던 여직원이 소스라쳤다.

"정말 그렇네요……."

다시 윤도 앞으로 온 여직원이 얼굴을 붉혔다.

"이제 침대에 누우세요. 제가 해결해 드리겠습니다."

윤도가 장침 통을 들었다.

"심장판막도 침으로 해결이 되나요?"

"삼초를 조절하고 자궁 위치만 잡으면 가능합니다. 하지만 혹시라도 지금 자궁이 움직이지 않으면 제 한의원으로 오세요. 몇 번 더 하면 바로잡을 수 있습니다."

"네……."

여직원에게는 몇 개의 장침을 먼저 넣었다. 양지와 중완혈을 다스리기 위한 조치였다. 사전 조치가 끝나자 좌양지혈과 중완혈에 장침을 넣었다. 뜨끈한 화침으로 자궁을 조절했다. 양지혈에서 시작된 침감이 내장으로 퍼져갔다. 하지만 침감이 조금 달렸다.

두 개의 침을 꺼내 삼향투자침으로 넣었다. 세 방향의 공세가 몰아치자 내장이 조금씩 꿈틀거리기 시작했다. 마침내 자궁이 제자리를 찾았다. 그러자 신장과 난소, 방광과 소장, 대장도 조금씩 이동하며 반듯한 위치로 변했다.

"어떠세요?"

시침을 끝낸 윤도가 환자를 바라보았다.

"속이 굉장히 편해요."

"손발도 따뜻해졌을 겁니다."

"어머!"

"다시 안에 가서 거울로 확인해 보세요. 아까와 달리 몸이 많이 반듯해졌을 테니까요."

"어머어머!"

안으로 들어간 여직원은 거듭 감탄을 토해냈다.

"가까운 시간에 저희 한의원에 한번 오세요. 탕약을 지어놓을 테니 한 제만 드시기 바랍니다. 그럼 안정된 자궁이 그대로 고착될 겁니다."

"그럼 제 심장판막증도 나은 건가요?"

"오늘을 기준으로 낫게 될 겁니다. 그건 계단 올라가 보시면 알 겁니다."

"어머머머!"

밖으로 나간 여직원은 감탄사를 달고 살았다. 계단 한 층을 올랐지만 숨이 차지 않았다. 너무 신기해서 한 층 계단을 더 올랐다. 그래도 심장은 그리 허덕이지 않았다.

"전무님."

여직원이 돌아와 김 전무 앞에 섰다.

"좋아졌지?"

김 전무가 웃었다.

"이건 의술이 아니고 마술이에요. 저 심장 다 나은 거 같아요."

"당연하지. 우리 채 실장 침은 마법의 침이거든."

"심장 때문에 걱정 많이 했는데… 그래서 퇴직해야 하나 고민도 했는데… 이런 기회 주셔서 너무 고맙습니다."

"인사는 내가 아니라 채 실장에게 해야 할 거 같은데?"

"알겠습니다. 아무튼 고맙습니다."

여직원은 거듭 고개를 숙였다. 하긴 백번은 못 숙일까? 고민하던 질병이 나은 기분. 그건 고통받던 환자가 아니고는 짐작도 할 수 없는 행복이었다.

7. 이것이 명의다

　두 여직원 진료가 끝나자 중역이 들어왔다. 50대 후반의 이사였다. 그는 고질적인 요통을 달고 있었다. 허리의 명문혈에 침을 놓아 원샷으로 통증을 잡아주었다.

　"허어, 이럴 수가 있나?"

　일어나 허리를 움직여 본 이사는 웃음을 그치지 못했다. 훌라후프도 돌릴 수 있겠다며 좋아했다. 마지막으로 들어온 환자 역시 직급은 이사. 업무를 보다 달려왔는지 서류 뭉치를 안고 있었다.

　"바쁘신 중에 온 모양이군요?"

　윤도가 먼저 말했다.

"예··· 자칫하면 날짜도 까먹을 뻔했습니다."

대답하는 이사는 자세가 좋지 않았다. 아직 그럴 나이가 아닌데 척추가 굽은 것이다.

"어디 불편하신 데가 있나요?"

모른 척 물었다.

"불편한 건 이겁니다. 명의시라니 이런 것도 될까요?"

이사가 반듯이 서 보였다. 애를 쓰지만 반듯한 건 아니었다.

"척추 때문에요?"

"이게 언제부턴가 조금씩 굽어지더니 이젠 아예··· 나이를 척추로 먹는 건지······."

"언제 간 질환 앓은 적 있으시죠?"

"예. 오래 전에 과로를 하다가······."

"그때 치료를 하셨겠지만 간과 비장의 기를 제대로 보하지 못하셨습니다. 그래서 경혈이 뒤틀리면서 몸이 굽은 것 같습니다."

"경혈 때문이라는 건가요?"

"예."

"그래서 그런가? 물리치료를 대놓고 해도 받을 때뿐이고······."

"맥 좀 보겠습니다."

진맥에 들어갔다. 윤도의 추측은 정확했다. 이사는 비장과 간장의 기혈이 바닥이었다. 두 기혈이 약해지면서 몸이 굽었다. 여자라면 자궁 때문에 굽는 경우도 있었다.

"잘 오셨네요. 그대로 방치하시면 더 굽을 뻔했습니다."

"치료가 됩니까?"

"누워보시겠어요?"

윤도가 침대를 가리켰다. 일단 임맥의 출발인 승장혈에 장침을 넣고 반응을 보았다. 승장혈은 입술 아래에 위치한다. 그것만으로 부족해 하의를 벗겼다. 임맥의 터미널이라고 할 수 있는 회음부에도 장침을 넣었다. 이사는 조금 황당한지 큼큼 헛기침을 해 보였다.

임맥은 인체 내의 음양 밸런스를 조절하는 데 큰 축이 된다. 그 말단에서 침감을 더하고 빼며 임맥의 요동을 보았다. 팽팽하게 당겨진 배의 임맥 라인이 침감을 빨아갔다. 이 정도라면 허리를 펼 수 있을 것 같았다.

장침은 많이 꺼냈다. 굽은 척추의 경직을 풀려는 의도였다. 신주혈을 시작으로 간수, 근축, 양지, 기죽마, 삼초수, 신수를 따라 곡지혈과 족삼리까지 달렸다. 방점은 발의 태계혈에 찍었다. 징검다리처럼 연결되는 장침들은 척추의 혈자리들을 두루 어루만졌다. 가지런히 꽂힌 장침은 만리장성 같은 위풍이기도 했다.

마지막 화룡점정은 거궐혈이었다. 그 전에 관원혈에서 거궐혈의 원기를 북돋워 주었다. 둘은 의미 있는 관계이니 바로 거궐혈만 공략하는 것보다 나았다.

'자, 부탁한다.'

윤도의 장침이 거궐혈에 들어갔다. 뜨거운 화침이었다. 단숨에 넣지 않고 단계를 나누었다. 침감으로 기혈의 적정을 맞추는 윤도였다. 거궐혈은 왕의 궁궐로 불린다. 궁궐의 대들보를 다시 놓는 심정으로 침감을 가했다. 기울어진 대들보를 바로 하려는 것이다. 임맥의 요동이 느껴졌다. 몰아치는 침감을 받고 있다는 신호였다.

침감을 좀 더 가했다. 몰아칠 때는 사정을 두지 않는 게 좋았다. 꿀럭거리는 포인트에서 남은 부분을 다 밀어 넣었다. 배의 임맥은 마침내 팽팽하게 당겨진 긴장 상태를 풀었다.

거궐혈 자리는 원래 골반 교정에도 효과가 좋은 곳. 임맥이 늘어지자 척추의 경직도 함께 풀리기 시작했다.

'후우!'

겨우 숨을 돌리며 발침에 들어갔다. 마지막 침은 매조지를 하며 뽑았다.

"일어나 보세요."

"어, 끝났습니까?"

이사가 고개를 들었다. 그가 침대에서 내려섰다. 하지만 여전히 굽은 상태였다. 윤도가 뒤로 돌아가 그 등짝을 살짝 쳤다. 놀란 이사가 척추를 곧게 세웠다. 오랫동안 습관이 된 동작. 그렇기에 나은 줄도 모르고 구부정한 자세를 취하던 이사였다.

"어때요? 퍼졌죠?"

"어?"

"걸어보세요. 불편한 데 없나."

"이, 이게 어떻게?"

"걸어보시라니까요."

"이야, 살다 보니 이럴 수도 있네. 내 허리가… 다시 일자가 되다니……."

이사는 콧노래까지 흥얼거렸다.

"수일 내로 한의원 오셔서 신장과 비장 탕제 받아가세요. 바쁘시면 택배로 보내 드릴 수도 있는데 비용은 일반 한의원보다 좀 나올 겁니다."

"이런 명의신데 비용이야 무슨 문제겠습니까? 몇백을 달라고 해도 아깝지 않습니다. 그런데 아까 비장과 간의 기가 모자라다고 하더니 왜 갑자기 신장과 비장 한약이 된 거죠?"

"간은 신장과 비장을 치료하면 낫습니다. 수(水)와 토(土)를 좋게 하면 목(木)이 좋아지는 원리죠."

"아!"

한방의 절묘함에 이사는 감탄을 금치 못했다.

네 명 환자들의 첫 진료는 대박이었다. 오늘을 주관한 김 전무 역시 고무되어 있었다.

"기가 막히네요. 전무님도 침 한번 맞아보시죠. 이거 완전히 만병통치예요."

윤도에게 인사를 챙기던 이사가 김 전무를 밀었다.

"나는 괜찮네. 타고난 강골이잖나?"

"에이, 강골은 무슨… 가끔 병원 가시는 거 모를 줄 압니까?"

"쓰읍, 유 이사."

"그러지 말고 누워봐. 그 나이에 병 없는 사람이 어디 있겠어?"

때맞춰 들어선 이 회장이 가세를 했다.

"회장님!"

"어허, 명령이야."

"그러시죠. 어차피 시간도 좀 남았으니."

이제 윤도도 거들고 나섰다. 김 전무는 마지못해 침대에 누웠다. 윤도는 가벼운 마음으로 맥을 짚었다. 아무리 건강 체질이라고 해도 나이는 속일 수 없다. 눈이 침침할 것이고 오줌발이 약해졌을 것이며 어깨나 허리가 아플 일이었다. 딱히 병이 없으면 그 정도 침이라도 놓을 생각이었다.

그런데…….

"……!"

진맥을 하던 윤도 솜털이 왈딱 일어났다.

'이건…….'

서둘러 손을 뗐다. 자칫하면 떨림을 들킬까 걱정한 행동이었다.

"어때? 문제없지?"

김 전무가 물었다.

"그렇군요. 진짜 강골이십니다. 눈이 좀 침침하신 거 같은데 그거나 잡아드리겠습니다."

윤도의 목소리는 유독 크게 나왔다. 뭔가를 감추려는 듯 허둥거림도 엿보였다.

"아, 해보세요. 혀에서 혈자리를 잡을 겁니다."

"아!"

김 전무가 입을 벌렸다. 윤도의 침은 금진혈과 옥액혈로 들어갔다. 몸의 어혈을 빼려는 침이었다. 이 혈자리는 순환장애에 좋았다. 때로는 심근경색과 신부전 등에도 유용했다.

시침하는 사이에 마음과 손이 안정되었다. 정신을 침에 집중한 덕분이었다.

"어때요? 시원하죠?"

다시 큰 소리로 물어보는 윤도.

"어이쿠, 이거 천리안이 된 기분이네. 우리 회장님, 지갑 속 비상금까지도 보이는걸."

김 전무도 화통하게 웃었다.

"역시 건강도 타고나는군. 역시 김 전무야."

보고 있던 이 회장이 고개를 끄덕거렸다.

"채 실장, 아까 봉투는 말도 꺼내지 말랬으니 그렇고… 저녁이나 어떤가? 명의에게 밥 한 끼 사는 영광쯤은 사양 않겠지?"

"그렇게 하겠습니다."

윤도는 이 회장의 제안을 거절하지 못했다.

"아, 채 실장."

옷맵시를 다듬은 김 전무가 윤도를 불렀다. 이제 의무실에는 윤도와 김 전무뿐이었다.

"예."

윤도가 고개를 들었다. 신경은 저절로 곤두섰다. 진맥 때문이었다. 하지만 김 전무의 말은 방향이 달랐다.

"우리 직원들도 귀가 얇군. 방금 쾌거를 보더니 즉석에서 통사정이 하나 들어왔네."

"그럼 지금 오게 하시지요."

"그게… 직원의 집사람이라네. 모유를 먹이고 싶어 하는데 젖이 안 나온다고 하더군. 한의원으로 보내도 되겠나?"

"그러십시오. 성심껏 봐드리겠습니다."

"고맙네."

김 전무가 어깨를 쳐주며 돌아섰다.

"전무님."

"응?"

돌아서던 김 전무가 고개를 돌렸다.

"저한테 하실 말씀… 더 있을 거 같은데요?"

"채 실장에게?"

"머리 말입니다. 아니, 더 정확히 말씀드릴까요?"

"……!"

윤도의 한 마디에 김 전무의 호흡이 멈췄다.

"모른다고 하시지는 않으시겠지요?"

"채 실장……."

"몰랐으면 모르되 알고 난 다음에야 의료인의 사명감 같은 게 있습니다."

"역시 명의로군. 난 또 혹시나 모르고 지나갔나 했는 데……."

김 전무의 표정이 어두워졌다.

"아까 그 직원 올 때 함께 오십시오."

"채 실장."

"아니면 그 직원도 진료를 거부하겠습니다."

"……."

"그럼 저는 짐을 챙겨야 해서……."

윤도가 인사를 남기고 돌아섰다. 김 전무는 오래 그 자리에 있었다. 그만이 간직하고 있는 비밀. 그걸 엿본 윤도. 윤도는 점점 멀어졌지만 김 전무의 마음속에서는 점점 더 커지고 있었다.

"곤란하게 되었군."

김 전무는 왼쪽 눈을 만지며 맥없이 중얼거렸다.

이 회장이 마련한 저녁 식사 자리에 부용도 동참을 했다. 깔끔한 일식전문점이었다.

"축하드리고, 고맙고, 할 말이 너무 많은 자리네요."

부용은 흐뭇함을 숨기지 못했다.

"고맙습니다."

윤도가 웃었다.

"오늘까지는 말랑한 민어회와 생선초밥이지만 다음에는 한우갈비를 먹자고. 나도 갈비 한번 마음껏 뜯고 싶네."

이 회장도 웃었다.

"아버지의 치아가 나면 어머니가 더 좋아할 거예요. 사실 그동안 식단을 아버지에게 맞춰 먹느라고 고생 많으셨거든요."

"어이쿠, 그게 또 그렇게 되는 거냐?"

"그럼요. 어머니도 나름 씹는 거 좋아하는 식성이라고요. 제가 아버지 몰래 몇 번 특식으로 사드리기도 한 걸요."

"그럼 네 엄마도 채 실장에게 상을 줘야겠구나."

"그런 거 같은데요?"

"어휴, 너무들 그러지 마십시오. 가장 행복한 건 접니다. 정성을 다한 진료가 완치나 쾌차로 나타나면 그만한 행복이 없으니까요."

윤도도 한마디를 거들었다.

"역시 명의는 마인드가 달라. 그러니 손만 대면 척척 고칠 수밖에."

"흐음, 그래도 너무 부려먹지 마세요. 채 선생님은 국보급이
라 아버지가 독점하면 안 되거든요."

"알았다. 독점 안 하고, 할 수도 없는 사람이니 식사나 맛나
게 하자꾸나."

"네!"

부용이 화답했다.

생선초밥은 달았다. 식사가 끝나자 이 회장이 자리를 비켜
주었다.

"술 더 마실래요?"

윤도가 물었다.

"당연하죠. 신약을 개발하셨다면서 이렇게 때우시게요?"

"아닙니다. 부용 씨만 괜찮다면 밤을 새워서라도 달려보죠."

윤도가 종업원을 불렀다. 회가 있으므로 사케를 시켰다. 뒷
맛이 깔끔한 사케가 술술 넘어갔다.

"3차 가요!"

오늘은 부용의 오버였다. 새언니 이야기까지 나오면서 술을
많이 마셨다. 결국 취하고 말았다. 그녀를 호텔 침대에 누였
다. 빈틈없는 그녀도 술 앞에는 별수 없었다. 가만히 내려 보
는 사이에 윤도 몸이 문득 기울었다. 부용의 손이 윤도를 당
긴 것이다.

음과 양은 만나야 한다. 만나면 합쳐야 한다. 그걸 거역하

는 것도 건강에 좋은 건 아니었다. 둘은 침대로 올라갔다. 서로가 옷을 벗겨 내렸다. 더는 부풀 수 없을 정도로 팽창한 윤도의 양. 한없는 탄력으로 준비된 부용의 음으로 들어갔다. 하체는 젖어도 목은 말랐다. 목마름은 교태음이 되어 나왔다. 밤은 두 사람의 숨소리를 감춰주려는 듯 다른 날보다 더 진하게 깊어갔다.

목요일 낮, 일본에 지진이 발생했다. 진도 6.3을 찍은 지진은 일본의 심장 도쿄 인근을 패닉으로 몰아갔다. 뉴스는 연일 일본의 지진을 보도해 댔다.

그 비극은 일본의 전유물이 아니었다. 목요일 밤, 한국의 남부에도 지진이 발생했다. 진도 3.2였다. 큰 피해는 없었다. 하지만 일본의 지진과 연계해 엄청난 관심을 받았다.

"물컵이 흔들렸어요."

"선반 위의 물건이 떨어졌어요."

"우리도 내진 설계의 법제화 전면 도입이 필요합니다."

"한반도도 지진 안전지대는 아닙니다."

식상한 뉴스를 비웃으려는 듯 본격 비극이 찾아들었다. 남쪽 창곡군 일대를 중심으로 진도 5.8의 지진이 강타한 것이다. 그 지진은 윤도의 한의원까지 영향을 주었다. 원장실 책상에 앉은 윤도의 의지가 움찔 반응을 한 것이다.

"원장님, 지진이라는데요?"

정나현이 보고를 해왔다. 이때까지만 해도 윤도는 크게 개의치 않았다.

그런데…….

"원장님."

이번에는 진경태가 들어섰다.

"창곡군에요?"

환자 차트를 보던 윤도가 고개를 들었다. 창곡군이라면 윤도가 공보의로 근무하던 갈매도가 포함된 군이었다. 남쪽 바다를 접한 전원 환경 도시.

진경태가 벽의 텔레비전을 켜주었다. 뉴스가 나왔다.

"진도 5.8의 강진이 발생한 창곡군청 앞입니다. 두 시간 전 이곳에 진도 5.8의 지진이 발생했습니다. 유치원 건물 벽이 일부 무너지고 양로원 두 곳 지붕이 내려앉았습니다. 이 외에도 축대에 금이 가고 편의점 진열장이 무너지는 등 많은 피해 보고가 속출하고 있습니다. 군청 대책반은 비상근무 체제를 가동하고 피해 접수를 받고 있지만 처음 겪는 일이라 제대로 된 대책을 세우지 못하고 있는 형편입니다. 한편 지진은 앞으로 몇 차례 이어질 것으로 보여 주민들의 세심한 주의가 필요할 것으로……."

"……."

윤도의 촉각이 바짝 곤두섰다. 화면에 나온 학교 때문이었다. 임시 대피소로 차려진 두 곳의 학교. 그중 한 학교에 나온 화면에서 아는 얼굴이 엿보였다. 갈매도의 할머니였다. 아마도 뭍에 나왔다가 학교로 대피한 모양이었다.

"아저씨 집은요?"

윤도가 진경태에게 물었다.

"제 집이야 오막살이고. 친척 한 사람이 병구완을 위해 쓰겠다고 해서 비워줬으니 별문제 없습니다만 다른 사람들이 걱정이군요. 재정 자립도도 좋은 곳이 아닌데……."

"……."

"원장님 근무하던 곳이에요?"

옆에 있던 정나현이 물었다.

"네. 저기서 약제실장님 만났어요."

"어머, 그럼 아는 분도 많겠네요?"

"예… 큰 피해는 없어야 할 텐데……."

"아유, 어떡해? 대피소 보니 시설도 열악하던데……."

정나현은 안타까움을 숨기지 못했다.

그래도 진료는 계속해야 했다. 환자들은 남쪽의 지진에 큰 관심이 없었다. 자기 병이 더 큰 까닭이었다. 마지막으로 들어선 환자는 원인 모를 설사를 달고 사는 사람이었다. 하루에도 몇 번씩 화장실을 간다. 병원에 가면 처방이 나왔다. 그걸 먹으면 한 이틀 괜찮다가 다시 설사가 이어졌다.

"왜 그렇죠?"

나이 71세의 할머니가 아이처럼 울상을 지었다.

"바람을 잘못 맞아서 그렇습니다. 좀 더 두었으면 큰 병이 되었을 텐데 마침 잘 오셨네요."

할머니의 원인은 풍(風)이었다. 조금 더 방치했으면 대장암으로 갈 뻔했다. 설사를 위해 이간혈에 장침을 넣고 중완과 관원혈에도 침을 넣었다. 그런 다음에 허리의 대장유와 소장유를 함께 돌봐주고 시침을 끝냈다.

"탕제 지어드릴 테니까 드시고요, 집에 가시면 땀을 푹 내세요. 땀 한번 푹 내시면 좋아질 겁니다."

"예, 선생님."

할머니의 말투에는 사투리가 남아 있었다. 저녁은 장 박사와 외식을 하고 집으로 돌아왔다.

"채 의원, 뉴스 봤어?"

거실에 있던 어머니가 윤도에게 물었다. 화면에는 지진 소식이 넘치고 있었다. 하필이면 갈매도 영상도 나왔다.

"지진은 창곡군의 말단인 이 섬에도 영향을 미쳤습니다. 선반의 그릇들이 떨어지고 오래된 집 몇 채 벽에 금이 갔습니다. 주민들은 불안에 떨고 있습니다."

화면에 항구가 보였다. 보건지소도 보였다. 이장이 인터뷰에 나오고 사택 아줌마도 나왔다. 화면은 다시 군청 대피소로 옮겨갔다.

"말도 없이 불편하죠. 먹을 거라고는 컵라면뿐이니……."

"아기가 체한 거 같은데 너무 불안해요."

"허리가 아파서 뜨끈한 방에서 지져야 하는데 여기 나와 있으니……."

여러 인터뷰가 이어지는 가운데 보건소장과 이창명의 모습도 보였다. 진료 지원을 나온 모양이었다.

시골 군청.

어쩌면 이창명이 의료 인력의 전부였다. 대피소가 둘이라면 의사 하나 간호사 하나가 현장 파견을 나간다. 두통약이나 주고 소화제 주고, 파스나 내주는 게 거의 현실이었다.

"아는 사람 있어?"

눈치 빠른 어머니가 물었다.

"몇 분 계시네요."

"아휴, 웬일이래. 빨리 안정이 되어야 할 텐데……."

어머니가 혀를 차는 동안 윤도는 방으로 돌아왔다. 샤워부터 했다. 심난한 마음에 산해경을 뒤적이다 한 영약을 보게 되었다.

빈초.

처음 산해경의 기적을 알게 되었을 때 갈매도에서 썼던 그 영약이다. 먹으면 피로가 쭉 풀려나가는 영약. 책 뒤쪽으로 넘어가던 손이 다시 앞으로 돌아왔다.

일요일 아침, 윤도는 조용히 한의원에 들렀다. 장침을 넉넉히 챙겨야 했기 때문이었다.

"원장님!"

조용히 다녀가려 했지만 종일이에게 들켰다. 결국 진경태가 알게 되었다.

"……!"

진경태의 눈이 장침 통에 닿았다. 수십 벌을 챙겼으니 눈에 띄지 않을 리 없었다.

"원장님 설마?"

"아무래도 마음에 밟혀서요. 후딱 가서 저녁까지 침 좀 놔 드리고 올게요."

윤도가 흰 스포츠카에 올랐다.

바릉!

다른 때는 몰라도 오늘은 이 차가 마음에 들었다. 속도가 필요한 날이기 때문이었다. 3시간 20분 후, 윤도는 군청 앞에 도착했다. 아직 오전 10시가 되기 전이었다.

"채 선생!"

전쟁터 같은 체육관. 거기서 진찰을 하던 창승이 벼락처럼 고개를 들었다. 그 앞에 등장한 윤도 때문이었다.

"돌팔이 침쟁이가 침 좀 놔도 될까요?"

윤도가 웃었다.

"뭐야? 진짜 진료하러 온 거야?"

창승의 목소리는 점점 더 높아졌다.

"맨날 갈구던 사수지만 뉴스에서 보니까 안됐더라고요. 그래서 인심 좀 쓰러 온 거죠, 뭐."

"으아악, 이럴 수가……."

"침놔도 돼요? 안 돼요?"

"되지. 지금 이 나라에 채 선생 침 막을 인간이 어디 있어? 무조건 콜이야. 장 선생님, 이리 좀 와보세요. 서울에서 침술 명의 채 선생이 내려왔어요!"

창승의 외침은 곧 희망이 되었다.

명의 채윤도!

시골 사람들은 몰랐다. 어린이들도 그런 것에 관심이 없었다. 나이 먹은 사람들은 저녁 8시만 넘으면 잔다. 그러니 방송에서 떠든다고 해도 알 리가 없었다.

하지만!

아는 사람들이 있었다. 바로 갈매도 사람들이었다. 체육관에는 갈매도 어르신들이 몇 명 있었다. 몇은 뭍으로 나왔다가 체육관에 대피 중이었고, 또 몇은 뭍의 자식들이 걱정되어 나왔다가 같이 대피한 사람들이었다.

"아이고, 선상님!"

어르신들은 대성통곡을 터뜨리며 윤도 곁으로 몰려들었다. 그 가족도 단체로 도열했다.

"자자, 여러분. 여기 선생님이 지금 대한민국에서 최고 명의로 꼽히는 채윤도 선생입니다. 침 한 방이면 안 낫는 곳이 없으니 대피소 생활로 불편하신 분들 이쪽에 줄을 서주세요."

즉석에서 이창승이 보조를 맡았다.

사람들은 극도의 불안에 시달리고 있었다. 정신적인 충격 때문이었다. 심리 상담을 하고 있다지만 그것으로 마음의 안정이 될 리 없었다. 그러나 윤도의 장침은 레벨이 달랐다. 약해진 신경을 달래주고 강심을 도왔다.

놀란 아이들 역시 장침이 최고였고, 낯선 환경에서 자느라 허리가 도진 어르신들에게는 오아시스가 따로 없었다.

한 시간 후쯤, 사람들의 줄은 체육관 밖까지 늘어났다. 소문이 나자 다른 대피소의 사람들까지 몰려온 것이다. 윤도는 쉬지 못했다. 소변 볼 시간도 없었다. 바로 그때 최고의 지원자들이 도착했다. 진경태와 양종일, 정나현과 배연재, 김승주 등의 한의원 인력이었다.

"아저씨……."

어리둥절해하는 윤도를 보며 진경태가 웃었다.

"사람 그러면 못 씁니다. 기왕 좋은 일 할 거면 같이 가자고 하셔야지."

"아저씨가?"

"그래요. 똥차로 최신 스포츠카 쫓아오느라고 무리해서 딱지 몇 장 끊었으니 나중에 물어내세요."

"그거야 문제없죠."

"정 실장님, 시작하세요. 여기 뭐 인사하고 뭐 하고 할 자리가 아니잖아요?"

진경태가 정나현 쪽을 바라보았다. 최정예 간호사 셋은 이미 가운으로 세팅된 후였다. 손발이 맞는 세 간호사가 투입되자 속도가 나기 시작했다. 시간이 지나자 방송사에서도 총출동을 해왔다.

"지진 대피 현장입니다. 모두가 어려운 가운데서도 이재민들에게 희망을 주는 손길이 등장했습니다. 서울에서 내려온 채윤도 한의사와 그들 팀이 주인공입니다. 장안에 명침으로 소문난 채윤도 한의사, 여기서도 메시아의 역할을 톡톡히 하고 있습니다. 불안과 스트레스에 시달리던 주민들은 장침 한 방으로 희망을 찾고 있습니다. 고령 대피자가 많은 까닭에 요통과 신경통 등도 문제였는데 이 또한 침 한 방으로 해결하고 있는 채윤도 한의사입니다."

방송들은 경쟁적으로 윤도의 장침 시침 장면을 비춰주었다. 윤도는 인터뷰에 응하지 않았다. 생색낼 시간에 한 명이라도 더 많은 환자를 돌봐야 했다.

곧이어 지역 국회의원 '그분'과 군수, 군청 고위직과 보건소장이 달려왔다. 그건 진경태와 양종일이 막았다.

"원장님은 시침이 우선입니다. 만나시려면 진료가 끝난 다음에 만나십시오."

"이봐요. 이분은 이 지역 국회의원님이십니다."

비서관이 입에 거품을 물었다.

"그럼 주민들 위로하셔야지 우리 원장님 만나는 게 급한 게 아니지 않습니까?"

"······!"

돌직구였다. 비서관은 할 말이 없었다. 평소 같으면 핏대를 올리며 권위로 누르려 할 상황. 하지만 주변에 몰려든 카메라를 의식하더니 얼굴만 붉으락푸르락해지는 국회의원이었다. 거기에 결정구가 날아왔다.

"아이고, 채 선상님!"

한 무리의 인파는 갈매도 사람들이었다. 이장에 어촌계장, 차명균 등등의 반가운 얼굴들이 국회의원을 떠밀고 등장한 것이다. 대피소에 나와 있던 사람들이 소식을 전한 것이다. 마지막 배편이 끊긴 시간. 하지만 의리의 사나이 차명균 선장이 있었다. 그는 자신의 배를 띄워 수십 명의 섬 주민을 몰고 왔다. 일부는 윤도의 장침이 필요했다. 하지만 그들 대다수는 윤도의 얼굴을 보러 온 사람들이었다. 당연히 바리바리 싸온 간식들을 풀어놓았다. 먹지 않아도 저절로 배가 부르는 윤도였다.

뿌린 대로 거둔다.

윤도는 그 평범한 진리를 온몸으로 느꼈다. 섬 주민들이 가져온 별식은 줄을 선 이재민들과 나눠 먹었다. 섬 주민들도 기꺼이 수락했다.

해가 지고서야 진료의 끝이 보였다.

"원장님!"

지척에서 보조하던 승주는 안타까움에 몸을 떨었다. 윤도 때문이었다. 전쟁터에 장침 하나 들고 뛰어든 윤도였다. 하지만 그 장침은 가장 위대한 무기였다. 장침이 번쩍일 때마다 아픈 사람들 얼굴에 미소가 돌았다. 울던 아기가 그치고, 할머니 등이 펴졌다. 저린 손발이 시원해지고 정신적 스트레스와 불안이 풀려 나갔다.

극심한 무력증을 호소하는 사람들에게는 빈초를 달인 영약을 나누어주었다. 그들의 피로는 한 방에 밀려갔다. 비통하던 분위기는 조심씩 밝아져 가고 있었다.

그 시간까지 남은 건 창승 하나였다. 군수님과 높으신 분들은 다 사라지고 없었다. 방송 카메라 역시 호들갑과 함께 사라지고 딱 한 대만 남았다. YTBC였다. 잠시 휴식 시간에 그 인터뷰에 응했다. 무려 9시간을 기다려 준 성의였으니 그것마저 거절하는 건 오만이 될 수 있었다.

"오늘 우리는 진짜 명의를 보았습니다. 그건 이 한의사의 침술이 뛰어나서가 아닙니다. 이 사람에게 침을 맞으면 만병이 사라져서가 아닙니다. 그건 바로 이 한의사의 침에 이재민을 걱정하는 따뜻한 마음이 담겼기 때문입니다. 지진 피해의 중심에서 묵묵히 아름다운 위로를 던진 채윤도 한의사입니다."

마이크가 윤도에게 넘어왔다.

"여기야말로 침이 필요할 것 같아서요. 몇 분 치료하면 될 것 같았는데 일이 너무 커졌습니다. 하지만 많은 분들이 좋아해 주시니 제가 오히려 고맙습니다. 지진 피해자 여러분, 힘내시기 바랍니다. 여러분은 혼자가 아닙니다."

윤도의 인터뷰는 진심이 가득했다. 그리고 그 말은 엄청난 반향을 울렸다.

"선상님, 이것 좀 먹고 하세요."

"이것도 먹어보세요."

잠깐의 휴식 시간, 이번에는 피해자들의 온정의 손길이 이어졌다. 컵라면을 시작으로 갖가지 과일과 수정과, 식혜 등이 이어졌다. 간식 2차전이었다. 윤도와 간호사들은 고마움을 표하고 허기를 채웠다.

그때 검은 승용차 한 대가 체육관 앞에 멈췄다.

"아, 짜식들. 또 지체 높은 떨거지들이 온 모양이군."

컵라면을 먹던 진경태가 냉소를 머금었다.

"제가 돌려보낼게요."

양종일이 나섰지만 그러지 못했다. 양종일에 진경태까지 더해 실랑이를 벌이는 사이에 이창승의 전화기가 울린 것이다.

"숙부님?"

이창승의 목소리에 윤도가 고개를 들었다. 창승의 숙부라면 SS병원의 부원장 이철중이었다.

"여기 있습니다만……."

통화하는 창승의 목소리가 긴박하게 변해갔다.

"알겠습니다. 잠깐만요. 채 선생."

창승이 전화기를 윤도에게 건네주었다. 윤도가 그 전화를 받았다.

─채 선생, 나 SS병원의 이철중입니다.

"아, 예……."

─거기 지금 채 선생 만나러 간 사람들 있지요?

"그렇습니다만……."

─미안하지만 그 사람들 편에 좀 올라와 줄 수 있겠소? 아주 중대한 일이 생겼는데 채 선생의 도움이 필요합니다.

"죄송하지만 저는 지금 지진 현장에서 이재민을 돕는 중인데요?"

─압니다. 하지만 지금 국가적으로 중대한 수술이 기로에 놓였습니다. 그러니…….

"국가적인 수술이라고요?"

─국가 안보와 관련된 일입니다. 그렇게만 아시고…….

"하지만 여긴 지금 남쪽입니다. 제가 올라가는 데 걸리는 시간만 해도……."

─그건 거기 찾아간 사람들이 해결해 줄 겁니다. 서둘러 주세요.

"부원장님!"

─부탁합니다. 시간이 없어요. 이건 채 선생만이 할 수 있는 일입니다.

"……!"

전화가 끊겼다.

황당했다.

"무슨 일이죠?"

정나현이 물었다. 그사이에 검은 옷차림의 두 사람이 다가섰다. 종일이 막았지만 윤도가 비키라는 눈짓을 보냈다.

"서두르시죠."

"……."

윤도가 체육관을 돌아보았다. 침을 기다리는 사람은 몇 되지 않았다.

"가봐. 여긴 내가 마무리할게."

이창승이 윤도 등을 밀었다.

"아저씨, 서울에 중요한 환자가 생긴 모양입니다. 저 먼저 올라가 봐야 할 거 같습니다."

"원장님……."

"차 좀 부탁합니다."

차 키를 넘겨주고 검은 옷 남자들을 따랐다. 그들은 윤도를 태우기 무섭게 경광등을 울리며 달렸다.

"대체 무슨 일이죠?"

진경태가 이창승을 바라보았다.

"저도 잘 모르겠습니다. 다만 큰일인 것만은 분명한 거 같습니다."

창승의 시선도 멀어지는 세단에 꽂혀서 움직이지 않았다.

순간, 저 멀리에서 헬기가 눈에 들어왔다. 헬기는 군청 착륙장에 내렸다. 윤도가 탄 세단이 멈춘 곳이었다.

"타시죠."

검은 옷 남자가 헬기를 가리켰다. 윤도가 보던 닥터 헬기가 아니었다.

"……!"

"시간이 없습니다."

남자가 한 번 더 재촉했다. 윤도가 헬기에 올랐다. 갈매도에 이어 두 번째 헬기 탑승. 헬기는 윤도가 목적인 듯 비어 있었다.

투타타타타!

헬기는 지체 없이 이륙했다. 그리고 서울로 방향을 잡았다.

투타타타!

헬기는 전속력으로 날았다. 이내 대구를 지나고 세종시를 지났다. 옆자리의 두 남자는 말이 없었다. 오죽하면 입냄새가 날 지경이었다. 처음 탑승 때 이유를 물었지만 그들은 한마디로 대답했다.

"국가적 중대사로 알고 있을 뿐입니다."

특급 보안.

보아하니 정보부 쪽 사람들처럼 보였다. 그들의 인상에서 느낄 수 있는 '정보'는 그게 전부였다.

'SS병원…….'

어둠 속에 우뚝한 병원 빌딩이 보였다. 도심 속에서도 SS병원의 자태는 고고했다. 대한민국 최고의 병원으로 꼽히는 SS병원. 지난번의 경우는 특별했다. 게다가 부원장의 신념도 있었다. 하지만 같은 일이 두 번 일어나기 힘든 병원. 그런데 또다시 윤도를 호출했다. 더구나 이번에는 무슨 일인지조차 말해주지 않았다.

국가적 중대사.

'그렇다면 대통령?'

그럴 수도 있었다. 그러나 병원에는 주치의 강기문이 있다. 그들 외에도 대한민국 최고 의사들이 포진하는 형편. 그런데 또다시 윤도라니……

대통령이라는 단어는 삭제해 버렸다.

'그럼 뭘까?'

아무리 생각해도 감이 오지 않았다.

투타타!

생각하는 사이에 헬기가 착륙장에 내렸다. 남쪽에서 여기까지 딱 1시간 5분 걸렸다. 거기 세 명의 인사가 윤도를 기다리고 있었다. 부원장과 외교부 차관, 그리고 국정원 차장보였다.

"채 선생!"

이철중 부원장이 다가와 윤도를 맞았다.

"부원장님."

"채 선생, 나 기억하시죠?"

그 뒤의 사람은 외교부 차관이었다. 여객선 사고 때 딸을 구해준 인사차 갈매도에 찾아왔던 사람이었다.

"아, 예… 차관님."

"이분은 국정원 차장보이십니다."

차관이 국정원 간부를 소개했다.

'국정원 차장보?'

윤도가 고개를 들었다. 국정원하면 부정적인 시각이 많지만 차장보라면 굉장한 권한을 가진 사람이다. 하지만 병원과는 하나도 어울리지 않았다.

'테러라도 난 건가?'

윤도의 긴장감이 높아졌다. 종일 침을 놓느라 뉴스를 챙기지 못했다. 그렇기에 깜깜할 수밖에 없었다.

"사안이 중대하니 여기서 말씀드리겠습니다. 우선 오늘 일어나는 모든 일은 평생 기밀에 붙여주셔야 합니다."

차장보는 보안부터 체크하고 나왔다.

평생 기밀.

굉장한 단어가 나왔다.

"진료 관계입니까?"

"그렇습니다."

"그렇다면 문제없습니다. 환자 진료에 대한 사안은 의료법상으로도 누설 금지니까요."

"지금 이 병원에 북한 고위층 인사가 와 있습니다."

"……!"

귀를 기울이던 윤도가 호흡을 멈췄다. 대통령일까 하던 상상이 박살 나는 순간이었다. 환자는 대통령이 아니라 북한 사람이었다.

"간단히 설명드리면 남북한 관계가 지금 최악 아닙니까? 그래서 정부와 정보부 쪽에서 물밑으로 북한 고위층과 선을 대고 있었습니다. 그러다 특별한 기회를 만들게 되었는데……."

"……"

"고위층 한 사람이 간부전에 간경화가 심해 간 이식이 필요하게 되었습니다. 해서 우리가 좋은 케이스를 만들어 여기까지 데려오는 데는 성공했는데 중대한 문제가 생겼습니다."

'중대한 문제?'

"간은 확보되었지만 그걸 이식하려는 단계에서 집도를 맡은 집도의가 예상치 못한 부상을 입었습니다. 채 선생께서 그분을 좀 돌봐줬으면 합니다."

"간 이식이라면… 이 병원에는 전문가가 여럿인 걸로 알고 있는 데요?"

"맞습니다. 하지만 그쪽에서 원하는 집도의가 따로 있기 때문에… 지금 와서 집도의를 교체하겠다고 하면 수술을 거부하고 북한으로 돌아갈 가능성이 높습니다. 그건 최악이죠. 그래서……."

"집도의는 어디를 다친 겁니까?"

"부원장님!"

차장보가 이철중을 돌아보았다.

"어깨 탈구입니다. 이 양반이 최근 무리를 하다 보니 재발성 어깨 탈구에 시달리고 있었어요. 그러다 최근에 컨디션이 좋아서 추진한 일인데 수술을 앞두고 가운을 입다가 느닷없이 그만……"

이철중이 다가와 설명을 했다.

"수술실은 모든 세팅이 끝난 상태입니다. 해서 달리 방법이 없길래……"

"……"

재발성 어깨 탈구.

간단히 말해 어깨가 자주 빠진다는 것이다. 간 이식은 섬세한 손놀림이 필요한 수술. 그러나 어깨가 탈구되면 손가락이 아프고 감각이 떨어진다. 어깨를 맞추는 거야 어렵지 않지만 자칫 엄청나게 부어오를 일. 아무리 좋은 진통제를 맞는다 해도 팔과 손가락의 감각이 떨어져 섬세한 수술은 불가능하게 되는 것이다.

"일단 집도의를 만나보죠."

윤도가 말했다. 보아하니 시간을 다투고 있는 일. 빠른 결정이 필요한 사안이었다.

"여기요."

부원장이 수술장 문을 가리켰다. 안으로 들어서자 초긴장의 분위기가 역력했다. 레지던트 한 사람이 대기실 문을 열었다. 거기 집도의가 있었다. 어깨를 잡고 입술을 물고 있던 집도의가 고개를 들었다. 그 눈이 윤도와 마주쳤다.

"······!"

윤도의 호흡이 다시 한번 멈췄다. 강기문 박사였다. 대통령 주치의이자 간담췌암 치료와 장기이식의 최고 권위자. 동시에 한국정맥경장영양학회이자 국제학술지 SCI에 최다 논문을 올린 간 이식 전문가… 동시에 지난번 윤도의 침술을 못마땅하게 여기던······.

"강 박사."

차장보와 함께 들어선 이철중이 다가섰다.

"지금 달리 방법이 없어요."

"······."

강기문은 대답을 하지 않았다. 중차대한 수술을 앞두고 일어난 불상사. 그러나 그도 사안의 중대성을 알아 난감하던 차였다. 그렇기에 부원장이 대안을 알아본다기에 잠시 대기 중인 상태였다.

그런데 그 앞에 채윤도가 등장했다. 지난번 그의 무시를 고이 지르밟고 폐부전 환자를 살려낸 장침의 한의사… 현대 의학의 의사가 아니라 한. 의. 사.

"채 선생이라면 방법이 있을 겁니다. 어깨를 맡겨봅시다."

이철중이 한 번 더 재촉했다.

"강 박사님!"

차장보도 가세했다.

"끄응!"

신음을 토한 강기문이 윤도를 바라보며 입을 열었다.

"잘 부탁합니다."

입은 말하되 마음은 열리지 않은 상황. 윤도가 손을 내밀어 그 맥을 잡았다. 사심은 버렸다. 그저 환자일 뿐이었다. 지난번에 약간의 눈치를 주었다고 반감을 의식할 일은 아니었다.

"……"

어깨 쪽 맥은 거칠고 사나웠다. 기세가 좋아서 그러는 게 아니라 반대라서 그러는 것이다.

"……!"

그러다 윤도의 호흡이 멈췄다. 이 사람… 더 큰 병이 있었다. 맥을 따라 복부로 내려갔다. 오장육부의 비장이었다. 비장의 췌장이었다.

'젠장!'

호흡을 가다듬고 한 번 더 확인에 들어갔다. 섬세한 췌장… 그 안으로 이어지는 길, 딱 중앙부였다. 거기 콩알만 하게 뭉친 사기(邪氣)… 아무리 봐도 암의 전조처럼 보였다.

'일단은 응급조치부터.'

진맥을 끝낸 윤도가 강기문의 손목을 놓았다. 그런 다음 견

갑골 안쪽 모서리 위를 손가락으로 눌렀다.

"……!"

강기문이 기겁을 했다. 압통을 느끼는 것이다.

"가능하겠소?"

침을 넘긴 강기문이 물었다.

"가능합니다."

똑같은 글자 수로 대답하고 장침 통을 열었다. 그는 한국 현대 의학의 최고봉으로 꼽히는 한 사람. 구구하게 한의학적 설명으로 유세를 떨 생각은 없었다. 이럴 때의 의술이란, 오직 결과가 말할 뿐이었다.

"간호사만 남고 다들 나가주시겠습니까?"

윤도가 부원장과 차장보를 바라보았다.

"채 선생, 시간이 별로 없어요. 저쪽 참관인이 뭔가 눈치를 챈 것 같습니다."

"수술 준비 중이라고 하세요. 20분이면 됩니다."

윤도는 단호했다. 그 기에 질린 차장보, 별수 없이 발길을 돌렸다.

재발성 어깨 탈구.

그로 하여 수술 기능을 할 수 없는 오른팔. 어깨는 소장과 연결된다. 손도 소장경이다. 이 사람의 신경은 온통 거기에 있을 일. 그 바람을 따라 합곡과 곡지, 외관혈에 장침을 넣었다. 곡지와 합곡혈은 최상의 선택이었다. 근시와 난시, 눈의 피로까지 덜 수 있는 혈이니 눈이 침침한 강기문에게 보너스를 안기는 셈이었다.

다음은 떨리는 손을 위해 천종혈과 수장수혈, 양릉천에 장침을 넣었다. 어깨는 견중과 천료혈을 잡았다. 몇 군데 혈자리에는 이향자침으로 두 개의 침을 넣었다. 마지막은 기해혈에서 끝냈다. 기해혈은 원기의 바다. 한 시간 정도지만 낭패감으로 방전되었을 그의 기를 위한 에너지 충전이었다.

"끝났습니다."

타이머가 울리자 발침과 함께 말했다. 강기문이 어깨를 움직여 보았다.

"……!"

그의 시선이 차갑게 얼어붙었다. 진통제를 맞았음에도 다 가시지 않았던 통증이 사라진 것이다. 왼손으로 오른 어깨를 더듬었다. 작렬감과 붓기도 많이 내려갔다. 손가락의 반응도 자연스러웠다. 게다가…….

"……!"

강기문은 한 번 더 흠칫거렸다. 컨디션이었다. 완전하게 다운되었던 컨디션이 확 올라온 것이다.

한마디로…….

'언빌리버블…….'

강기문은 내심 고개를 저었다.

간호사의 보고를 받은 부원장과 차장보가 들어왔다.

"채 선생!"

차장보의 얼굴이 활짝 펴졌다.

"일단 어깨는 잡았지만 안정할 시간이 없으니 도중에 문제가 생길 수 있습니다. 간 이식이라면 오랜 시간이 걸릴 일이니 저를 참관하게 해주시면 그때그때 응급조치가 가능합니다."

윤도가 진단 견해를 밝혔다.

"수술 중에 침을 맞는단 말입니까?"

"통증 부위에 따라 침을 꽂으면 만에 하나 수술을 중단하지 않아도 됩니다."

"김 선생님."

부원장이 차장보를 바라보았다. 그의 성씨가 김인 모양이었다.

"수술 도중에 침이라… 어쩌면 극적일 수도 있겠습니다."

차장보가 차관을 바라보았다. 둘은 긍정적이었다. 차관이 긍정의 견해를 밝혔다.

"그렇게 되면 참관인이 감동하지 않겠습니까? 아, 남한 의사가 제 몸 돌보지 않고 수술을 하는구나… 물론 제 생각입니다만."

"아무튼 시작하죠. 어깨가 멀쩡할 때……"

강기문이 상황을 정리했다. 아무튼이라는 말은 윤도의 수술장 동행의 거절이 아니었다.

간 이식!

이렇게 윤도는 간 이식 수술실 안에 동참하게 되었다. 초록색 수술복으로 갈아입고 장침 통을 챙겼다. 수술대를 중심으로 윤도는 오른쪽에 앉고, 북한의 참관인 둘은 왼쪽에 앉았다.

"어깨와 팔이 좀 이상하다 싶으면 잠시 시간을 내십시오."

윤도가 강기문에게 한 말은 한 마디뿐이었다. 그리고, 마침내 북한 최고위급 인사의 간 이식 수술이 시작되었다.

외과 수술의 꽃으로 불리는 간 이식 수술. 그는 현재까지 1,800회가 넘는 간담췌암 수술을 했고 간 이식에 대한 수술 성공률은 100%였다. 그러나 간 이식은 12시간 이상이 걸리기에 섬세함과 뚝심이 동시에 요구되는 과정. 테크닉과 체력, 섬세함이 뒷받침되지 않으면 성공률을 보장하기 어려운 대수술이었다.

하지만, 이날의 강기문은 좀 허둥거렸다. 어깨 탈구 때문이었다. 그는 딱 한 번 실패할 뻔한 적이 있었다. 그때도 어깨 탈구 때문이었다. 빠진 어깨를 수습하고 나흘 만에 수술장에 들어갔지만 감이 달랐다. 스태프들 몰래 식은땀을 흘렸다. 어쩌면 실패할 수도 있었던 날. 그러나 오늘 수술대에 오른 사람은 보통 사람이 아니었다. 자칫 실패라도 하면 국가적인 재앙이 초래될 수도 있었다.

그래서 서둘렀다. 팔에 문제가 오기 전에 끝내려는 생각이었다. 덕분에 초반 진행은 좋았다. 스태프들과 호흡도 잘 맞았다. 북한 고위층의 흉곽에서 간이 분리되었다. 그 간은 회색의 알 덩어리처럼 보였다. 최악의 간경화증이자 재생성 간결절이었다. 간경화가 악화되면서 간은 고작 620g으로 줄었다. 정상인의 무게가 1,200~1,300g 정도니까 절반에 불과한 크기였다.

그 과정 직후에 강기문의 팔에 문제가 생겼다. 어깨가 뜨끈하더니 감각이 떨어지기 시작한 것이다. 힐끔 윤도를 보았다. 윤도의 시선은 수술대에 있었다. 그 손에 들린 장침 통이 보였다.

'젠장!'

애써 외면하며 수술에 집중했다. 그런데⋯ 거기서 또 한 번 어깨 결림이 느껴졌다. 별수 없이 하던 과정을 스태프에게 넘기고 윤도 옆에 앉았다. 윤도는 말없이 장침을 뽑았다. 일단 어깨의 천종혈에 삼향투자로 넣었다. 그런 다음 팔로 내려가 곡지혈, 합곡혈에 하나씩 넣었다. 마지막은 다리의 양릉천혈에 넣었다. 10분 후에 발침하고 고개를 끄덕여 주었다. 어깨를 만져본 강기문이 다시 집도에 나섰다.

그 과정은 북한 참관인들에 의해 매섭게 관찰되었다. 이날 수술은 11시간 20분이 걸렸다. 이날 강기문은 모두 세 차례의 시침을 받았다. 수술은 성공리에 끝났다.

"고맙소."

수술이 끝난 후, 강기문의 표정은 호의적으로 변해 있었다.

윤도가 아니라면 꿈도 꿀 수 없는 집도였기 때문이다. 부원장과 차장보도 한숨을 돌렸다. 그들도 두고두고 윤도의 공을 치하했다.

"채 선생의 은공은 잊지 않을 겁니다. 수고 비용은 저희가 따로 준비할 거고 청와대에도 따로 보고가 되었습니다."

차장보와 외교부 차관의 입가에도 그제야 미소가 엿보였다.

"강 박사님."

윤도는 스태프들과 수술 뒷이야기는 나누는 강기문에게 다가갔다.

"아, 이럴 게 아니라 내 방에 가서 차라도 한잔할까요?"

"아닙니다. 그럴 말씀이 있어서요."

"뭡니까?"

"췌장 문제인데……."

"아, 채 선생님 췌장에 애로가 있나요? 그럼 제가 언제든지……."

"그게 아니고 강 박사님……."

"나요?"

"죄송합니다. 아까 진맥 중에 알게 될 사실인데 아무래도 말씀드려야 할 거 같아서……."

"어깨가 아니고 췌장에 한의학적으로 문제가 있다는 겁니까?"

"어깨는 소장의 문제입니다. 소장을 보하는 한약을 좀 드셨으면 좋겠고… 그보다 췌장은 좀 더 안 좋을 거 같아서 정밀 체크를 해보시길 권합니다."

"채 선생님."

"정확이 이 부위입니다. 사이즈는 콩알 정도… 부디 흘려듣지 마시기를 바랍니다."

윤도의 표정이 더없이 진지했다. 상대는 대한민국 간담췌장의 권위자. 하지만 언제나 등잔 밑이 어두운 법이었다.

"……!"

강기문의 얼굴은 다시 황당 모드로 들어갔다. 허튼소리를 할 리 없는 한의사. 하지만 진맥 하나로? 그렇기에 강기문은 복잡다난한 표정이 되어 윤도와 작별을 나누었다.

"댁까지 모셔다드리겠습니다."

복도로 나오자 지진 대피 현장에서 보았던 국정원 직원 두 명이 다가왔다.

"고맙습니다."

인사를 하고 보니 창밖이 환했다. 시계를 보니 다음 날 오전이었다. 수술실에서 밤을 새운 것이다.

"그럼 집 말고 제 한의원까지 좀 부탁합니다. 진료 예약 환자가 기다릴 테니 좀 빨리요."

"원하시는 대로 해드려. 경찰 불러서 협조 요청하고."

차장보가 명령을 때렸다.

우웽우에엥! 애엥!

경찰 오토바이 두 대가 앞서 달렸다. 그 뒤를 따라 국정원 세단이 내달렸다. 윤도가 그 안에 있었다. 가면서 통화를 했다.

"정 실장님, 채윤도입니다."

정나현이 전화를 받았다. 직원들은 모두 상경해 있었다.

"저 20분 안에 도착하니까 환자 진료 채비 갖추세요."

윤도의 지시가 떨어지자 안절부절못하던 일침한의원에 생기가 돌았다.

"원장님 오신대. 1, 2, 3번 예약 환자 진료 준비해."

정나현의 목소리가 대기실을 울렸다.

"네, 실장님!"

연재와 승주도 덩달아 활기를 찾기 시작했다.

8. 발목에는 귀천이 없다

흐린 날 아침, 원장실에 출근하기 무섭게 윤도 핸드폰이 울었다. 장 박사였다.

"박사님, 웬일이세요."

승주에게 커피를 받아 든 윤도가 활기차게 인사를 했다.

─출근하셨나?

"예, 박사님은요?"

─나는 인기가 떨어져 환자가 많지 않으니 조금 늦어도 지장이 없다네.

"원, 박사님도."

─그나저나 수고가 많았네.

"수고라면……."

―창곡군 지진 대피자들 말일세.

"아, 그거요."

―실은 나도 어제 오후에 거기 갔었네. 채 선생만은 못하지만 낯부끄러워서 견딜 수가 있어야지.

"박사님이 왜요?"

―아, 이 땅에 채 선생만 한의사인가? 지진이면 국가적 재난인데 우리 한의사들에게는 침이라는 좋은 의술이 있고 지진 대피객들 같은 경우 너무 유용하더군. 그런데 채 선생 외에는 아무도 나서지 않으니 선배된 도리로…….

"저야 거기에 특별한 연고가 있다 보니……."

―그럴 리가 있나? 채 선생이라면 다른 곳이라도 달려갔을 사람이지.

"자꾸 그러시면 부끄럽습니다."

―아니야. 게다가 불미스러운 일도 있었다지? 채 선생 한의원에서 가까운 탁상명이 말일세.

"어, 그 일도 아세요?"

―이 바닥이 그렇게 넓을 줄 아나? 내 그 얘기 듣고 얼굴이 화끈거려 견딜 수가 없네. 안 그래도 한의사협회에 탁상명을 제명하라고 압력을 넣었네만.

장 박사는 불쾌함을 감추지 않았다. 하지만 괘씸하기는 해도 제명감은 아니었다. 그래도 장 박사의 한마디라면 큰 무게가 실릴 일이었다.

—아무튼 지진 대피소 일은 진짜 큰일이었네. 덕분에 우리 한의의 위상이 더 좋아졌어.

"부탁이 있으시군요?"

윤도가 미리 앞서 나갔다.

—하핫, 이거 속이 빤히 보였나? 하지만 지진 의료봉사 칭찬은 진심이라네.

"환자 보내시게요?"

—내가 사람 하나 데리고 가겠네. 시간이 되려나?

"박사님이 오신다면야 열 일 제치고 시간 내야죠."

—알았네. 잠시 후에 보세.

전화가 끊겼다.

'원, 박사님도……'

공연히 웃음이 나왔다. 어차피 환자를 밀어주는 일이다. 그러니 장 박사가 미안할 일은 없었다. 그럼에도 불구하고 매번 예우를 갖추는 장 박사였다. 벼는 익을수록 고개를 숙인다더니 최고 원로급에 속하면서도 소탈한 성품의 장 박사. 과연 탕약 분야의 일가를 이룬 거물다웠다.

네 명의 시침을 끝냈을 때 장 박사가 도착했다. 그는 50대의 남자와 함께였다.

"이쪽은 한국빙상협회의 안혁봉 사무총장님이시네."

장 박사가 남자를 소개했다.

"박사님께 말씀 많이 들었습니다. 중국의 전설적 명의, 화타와 편작에 버금가는 의술이시라고요."

안 총장이 첫 인사를 건네왔다.

"별말씀을요. 장 박사님은 원래 칭찬이 후하신 분이라……."

"그럴 리가요? 제가 볼 때 장 박사님처럼 빡빡하신 분도 드물답니다."

안 총장이 바로 응수했다.

"아, 예… 일단 앉으시죠."

윤도가 자리를 권했다.

"이분이 환자신가요?"

자리를 잡은 윤도가 장 박사를 바라보았다.

"환자 맞지. 빙상협회 부흥의 책임감 때문에 골골거리는 환자……."

"……?"

"아이고, 박사님, 제가 말씀드리겠습니다. 명의를 앞에 두고 있자니 입이 근질거려서요."

활달한 표정의 안 총장이 장 박사를 막고 나섰다.

"실은 우리 협회가 지금 침체기 아닙니까? 100년 만에 하나 나올까 말까 한 김여나 선수 후로 예견된 일이긴 했습니다만……."

"네……."

윤도는 안 총장의 말에 귀를 기울였다.

"그런데 최근에 재부흥의 기회가 왔습니다. 그런데, 그게 신기루가 될 처지입니다."

"……?"

"혹시 피겨에 관심 있으십니까?"

"그거야… 저도 김여나 선수 팬이었거든요."

"그럼 다행이군요. 지금 사실 우리 협회에는 여러 유망주가 있습니다. 남들은 김여나 그림자만 보고 살았냐고 하지만 그렇지는 않거든요. 꿈나무 발굴과 육성에 최선을 다했지만 피겨라는 게 워낙 동양권에서는 기반이 안 좋다 보니……."

"……."

"지금 국제적으로도 꽤 주목받는 선수가 몇 있어요. 여자부의 이영, 임은서, 최소빈… 그리고 남자도 세계적인 주목을 받는 선수들이 둘 있지요. 하나는 열일곱 살 난 이현찬 선수고 또 한 사람은 열아홉 살 난 차지환 선수입니다. 혹시 들어 보셨나요?"

"이현찬 선수는 들어봤네요."

"어이쿠, 그렇다면 말씀드리기가 더 부드럽겠군요. 한 사람은 주니어 그랑프리 2위까지 올랐고 또 한 선수는 그 전 해의 주니어 그랑프리 3위를 먹었습니다. 한국 사람들은 우승이 아니면 큰 관심을 갖지 않지만 이 정도면 세계적 레벨이거든요."

"예……."

"이 선수들이 이번 올림픽 예선 2차전에서 한 장의 티켓을 놓고 맞붙게 되었어요. 그야말로 빅 매치가 되는 거죠. 협회도 이번 기회에 올림픽 열기와 더불어 피격의 인기를 몰아가려는 생각에 야심찬 예선전을 준비 중이었는데……."

말을 하던 안 총장의 얼굴에 그늘이 깊어졌다. 그는 남은 차를 원샷에 들이키고는 뒷말을 이었다.

"이현찬 선수는 마무리 훈련에서 발목 부상을 당해 출전이 불투명하고 차지환 선수 역시 허리와 발목이 좋지 않아 출전에 난색을 표하고 있습니다. 그래서 고민하던 끝에 장 박사님을 찾아뵈었더니 채 원장님이 신침이라고 그래서요."

"……"

"죄송하지만 저 한 번만 도와주십시오. 그 선수들이 맞대결을 펼치지 않으면 이번 예선전은 큰 의미가 없습니다. 다른 선수들에게는 미안하지만 기량 차이가 크거든요."

"두 선수의 부상을 낫게 해서 진검 승부를 펼치게 해달라는 말씀이군요?"

"맞습니다. 대회가 닷새 남았으니 가능성만 확인되면 욕을 좀 먹더라도 진료 일정에 맞춰보겠습니다."

"으음……"

"부탁합니다. 비용이 든다면 기꺼이 부담할 수 있습니다. 협회 차원도 그렇고 선수들 역시 완쾌만 된다면 비용이 문제가 아니거든요."

"얼마나 주시게요?"

윤도가 넌지시 물어보았다. 윤도의 장침에 대해 어떤 평가를 하는지 알고 싶었다.

"협회가 천만 원을 대고 선수들이 각각 500만 원씩 내면 되겠습니까?"

"2천만 원이군요?"

"적으면 더 마련할 수도 있습니다."

"됐습니다. 일단 선수들을 보고 결정하겠습니다. 다만 진료를 받게 되면 협회 쪽 비용만 청구하겠습니다. 프로 선수가 아닐 테니 그쪽까지 부담을 주고 싶지는 않군요."

"어이쿠, 그럼 더 고맙죠."

"그럼 선수들은 언제 오는 거죠?"

"선생님만 허락하시면 당장 부르겠습니다. 사실 닷새라고 해도 긴 시간은 아니거든요."

"그러세요. 시침을 서둘러서 시간을 빼보겠습니다."

"아, 참."

거기서 장 박사의 닫혔던 입이 열렸다.

"미안하지만 채 선생, 워크샵에서 강좌 하나 해주시면 좋겠네."

"강좌라고요?"

"얼마 후에 한의학회 주관으로 국제 워크샵이 열리는데 침술 실기 발표를 맡은 이창수 선생께서 교통사고가 났지 뭔가? 해서 나하고 조수황 과장이 채 선생을 적극 추천했다네."

"제가 그런데 나설 깜냥이 됩니까? 경력으로 보나 조수황 과장님 같은 분이 나가시면 될 것을……"

"조수황 과장은 그때 러시아 침술 전수가 예정되어 있어 러시아로 가야 한다네. 그리고 채 선생이 안 되면 누가 되겠나? 자유 주제로 간단한 사례를 발표하시면 되니까 한의학 중흥을 위해 부탁하네. 특별한 중국 중의를 모신 자리라 대타로 내세울 사람이 만만치 않아서 말일세."

"박사님."

"너무 겸손한 것도 실례야. 내 그렇게 알겠네."

"……"

장 박사와 안 총장이 나갔다.

세미나……

장 박사와 조 과장 얼굴을 봐서도 별수 없었다. 윤도도 자리를 털고 일어섰다. 예약자가 가득하지만 조금씩 당기면 중간에 두 명 정도 넣을 사정은 되었다. 그러자면 시간을 벌어야 했다.

첫 환자는 장침 원샷.

두 번째도 장침 세 방으로 가뜬히 회복시켰다. 세 번째 환자는 70대 후반의 남자였다. 한때는 은행의 보안 담당자였다는 사람. 엘리트 기풍이 남았지만 몸은 그와 달랐다.

매독이었다.

"……!"

불문진단.

윤도가 그랬다. 이심전심인지 환자 역시 눈빛을 내렸다.

"오래되었네요."

윤도가 혼잣말처럼 말했다.

"예… 종로 3가에서……"

종로 3가라면 박카스 아줌마다. 하지만 요즘은 아니다. 박카스 아줌마들에 대한 일제 단속이 병행되면서 황혼의 청춘(?)들은 모두 콜라텍으로 몰려갔다. 아니, 이름도 이제는 사이다텍으로 불린다. 그게 비극이다. 젊은 여자들은 정부에서 관리라도 한다. 보건증이니 STD니 HIV니…….

하지만 황혼의 청춘들에게는 그런 관리조차 없다. 황혼의 외로움에 어쩌다 한번 내디딘 일탈이 어긋나면 골병을 만드는 것이다.

"치료는 받았어요?"

"보건소 앞까지 갔다가 이 나이에 무슨 창핀가 싶어서……"

"그래도 치료는 하셨어야죠."

"……"

"몸이 차갑고 다리가 땡기는 날이 많죠?"

"예."

"그것도 그것 때문에 그렇습니다."

"그건 늙어서 그런 줄 알았는데……"

"여름에도 몸이 잘 덥혀지지 않죠?"

"예……."

"그것도 그것 영향입니다."

그것.

둘의 대화는 '그것'으로 통하고 있었다.

"무섭군요."

"그나마 신경계 쪽으로는 안 들어간 것 같으니 다행입니다. 앞으로는 꼭 장화를 신으세요."

"……."

환자의 눈빛이 또 한 번 무너졌다. 장화… 노인들에게는 익숙지 않을 일이었다.

"올라가세요."

윤도가 진료 침대를 가리켰다. 진맥을 했다. 맥과 혈자리 기세는 좋지 않았다. 몸과 마음이 상하면서 뒤틀린 까닭이었다. 척추 옆의 혈자리를 눌렀다.

"아, 아!"

환자가 된소리 섞인 신음을 냈다. 오장수혈로도 불리는 의회혈의 특징이었다. 누르면 아아, 하고 소리를 지르는 혈자리다. 하지만 몸이 안 좋은 까닭에 더 슬프게 들렸다. 다섯 장침이 출격했다. 침 끝은 조금 들어가면 걸렸다. 그렇기에 윤도의 장침은 흡사 지그재그 운전을 하듯 혈자리를 파고들었다.

한 침은 노년의 외로움을 위해 고황혈에.

또 한 침은 앞으로 남은 날을 위해 의회혈에.

또 하나는 이따금 남자가 되는 날을 위해 신수혈에.

또 하나는 그동안 고생한 날을 위해 기죽마혈에

마지막 침은 이 모든 것을 위해 축빈혈에 넣었다. 축빈혈에서 매독 기운을 내치며 기혈 조화를 이루었다. 매독은, 걸리면 참 성가신 병이다. 병원에 가면 혈액검사를 한다. 소위 VDRL이라고 불리는 스크린 테스트다. 여기서 양성으로 잡히면 TPHA 같은 정밀 검사에 들어간다. 문제는 치료를 받은 이후. 이 병이 성가신 건 치료가 된 후에도 스크린 테스트에 양성으로 나오는 경우 때문이다.

폐결핵을 앓은 환자가 완치된 후에 X—ray 찍을 때마다 흔적이 나오는 것과 같다. 그렇기에 의사의 재확인을 받는 경우가 있다.

"예전에 걸려서 치료했는데요?"

그 말을 해야 한다. 한국 사람처럼 성병에 민감한 정서 속에서는 곤혹스러운 일이 아닐 수 없었다.

보너스는 기해혈 자리로 잡았다. 노년의 문제는 언제나 에너지 부족. 기가 채워지면 얼마간이라도 활기찰 일이었다. 물론. 그 활기로 인해서 또다시 박카스 아줌마를 찾아가는 일은 없기를 바랐다.

"어휴, 몸에 온기가 도는 것 같네요."

환자는 가뜬하게 침구실을 나갔다.

그로부터 10분 후, 협회의 안 총장과 함께 두 귀공자가 한의원에 도착했다. 고교생 피겨 선수 이현찬과 차지환이었다.

"안녕하세요?"

인사는 차지환이 먼저 해왔다. 둘 다 피겨의 트리플 악셀처럼 마스크가 시원하면서도 상큼했다.

"너희들 잘 보여라. 이분이 바로 손만 대면 고쳐대시는 닥고 명의님이시다."

닥고는 닥치고 고치다의 준말이란다. 요즘 유행하는 닥치고 공격의 표절판(?)이었다.

"피겨 하는 친구들이라 그런지 스케이팅처럼 시원하게 생겼네요. 누가 먼저 진료를 받을까?"

윤도가 두 선수를 바라보았다.

"에헷, 사막 모래에도 파도가 있으니까 제가 먼저예요."

차지환이 너스레를 떨며 나섰다.

"형, 왜 이러서? 국대는 내가 먼저 뽑혔거든."

이현찬도 지지 않았다. 다행히 둘은 마인드가 긍정적이었고 서로의 친분도 나쁘지 않았다.

"그렇다면 나는 접수순이야. 누가 먼저 접수했지?"

윤도가 기준을 제시했다.

"앗!"

눈치 빠른 이현찬이 접수실로 뛰었다.

"야야, 너 이러면 새치기야. 정정당당하게 승부해야지."

차지환도 덩달아 뛰었다. 국가 대표라지만 나이로 치면 청소년. 활발한 모습이 보기에 좋았다. 결과를 말하자면 차지환이 먼저 진료를 받았다.

먼저 달려간 이현찬이 차지환 이름을 대놓고 기다렸단다. 연장자에 대한 예우였다. 인성이 된 친구들이었으니, 윤도는 시작 전부터 두 친구의 케미가 마음에 들었다.

일단 진맥부터 잡았다.

손목에서 펄떡거리는 진맥을 따라 온몸을 돌았다. 오장육부를 돌아간 진맥이 무릎을 지나 발목으로 내려갔다. 그러나 결국은 위장으로 돌아와 멈췄다.

윤도 머리에 차지환의 진단서가 들어왔다.

외측 발목염좌.

간단히 말하면 바깥쪽 인대의 손상으로 인한 부상이었다. 윤도는 거기에 자신의 진단을 덧붙였다.

위하수의 근본에 의한 외측 발목염좌.

위하수가 시작이었다.

피겨 선수들은 몇 가지 부상을 달고 산다. 허리와 발목, 무릎 부상 등이 대표적이다.

근력이나 체력이 다 성장하지 않은 어린 나이에 훈련을 시작하는 게 원인의 하나다. 더구나 주로 한 발을 쓰는 착지를 한다. 그 착지를 받아주는 얼음은 쿠션이 아니라 딱딱하다. 그렇기에 허리와 발, 발목, 무릎 등에 부상을 안겨주는 원인이 된다.

부츠 문제도 크다. 보다 높은 점프를 위해 발을 고정시키는 부츠는 선수들의 발목을 약하게 만든다. 얼음 위에서의 스케이트 과학화는 엉뚱하게 지상에서 발목을 약하게 하기도 한다. 발목의 근력을 약화시키기 때문이다. 이런 까닭에 피겨 선수들은 얼음판이 아니라 도리어 지상 생활에서 발을 다치는 경우가 많으니 아이러니가 아닐 수 없었다.

차지환도 그랬다. 훈련 잘 마치고 지상에서 발목을 삐끗했다. 첫 부상은 3개월짜리로 인대 3개가 늘어나 버렸다. 두 달을 쉬고 다시 훈련을 시작했는데 이때 쉰 것을 보충하려는 욕심에 또 인대를 다쳤다. 이번에는 6개월을 쉬어야 했다. 잘나가던 차지환의 악셀에 브레이크가 걸리는 순간이었다.

"이후로 부상을 달고 살아요. 나은 듯하다가 조금 무리하면 또 아프고… 병원에서는 괜찮다지만 저는 작은 통증이 계속 붙어 있거든요. 고춧가루 듬뿍 뿌린 음식 먹고 이빨 안 닦은 기분이라서 도약할 때 자꾸 주저하게 돼요. 발목 안에 작은 지옥이 들어 있는 거 같아요."

발목 안의 작은 지옥. 차지환이 때 묻지 않은 소감을 밝혔다.

"이제 괜찮을 거야. 내가 원인을 찾았거든."

"어, 진짜요?"

"우선 외측 발목염좌는 이제 큰 문제가 없어. 그러니 병원의 진단은 틀리지 않아."

"그런데 왜 계속 통증이 있죠? 하긴 코치님도 마인드 탓이라고 과감하게 잊어보라시던데."

"마인드는 아니고 바로 여기 때문이야."

윤도가 차지환의 배를 가리켰다.

"배요?"

"식사 제때 안 하지?"

"네… 체중 관리 때문에……."

"체중 관리는 당연할 테고 식사 시간 말이야."

"좀 그런 편이에요. 다른 선수들은 국가 대표에 뽑히면 식단 관리를 받지만 피겨는 개인 코치를 두거나 외국에서 배우는 경우가 많아서……."

"그건 핑계야. 훈련을 스케줄에 맞춰서 하듯 식사 시간도 잘 지켜야 해. 그게 몸을 위한 도리거든."

"네… 실은 코치도 그 말을 하지만 피곤하거나 힘들면……."

"팔뚝에 힘 좀 줘봐. 꽉."

"이렇게요?"

차지환이 주먹을 쥐어 보였다. 팔뚝에 근육이 도드라졌다. 하지만 그리 단단하지 않았다.

"이 힘줄이 잘 얼은 얼음처럼 단단하면 위장이 건강한 거고 그렇지 않으면 약한 거야. 이제 누워볼까?"

이번에는 침대에 누이고 배를 눌렀다. 배는 힘줄과 달리 단단했다.

"여기가 뭉쳤어. 그건 곧 음식 먹기가 즐겁지 않다는 거고 위장이 늘어났다는 반증이지."

"그럼 위장을 고치면 발목도 낫는 건가요?"

"그렇다고 봐야지?"

"고칠 수 있어요?"

"그렇다고 봐야지."

"와아!"

"아픈 데가 여기지?"

윤도의 손이 발목으로 옮겨갔다.

"네."

"여기?"

발목을 누르며 아시혈을 찾는 윤도.

"네, 그 속이오."

"오케이."

워밍업을 마친 윤도가 침놓을 준비에 들어갔다.

힘줄(Tendon)과 인대(Ligament).

둘은 다르다. 힘줄이란 근육과 뼈를 이어주는 구조물이다. 근육이 수축하여 힘을 만들면, 힘줄이 이를 뼈에 전달하여 관절운동을 가능하게 한다.

이와 달리 인대는 뼈와 뼈를 연결한다. 뼈의 연결을 도와 관절의 움직임을 유도하는 역할이다. 인대와 힘줄의 조직학적 구조는 비슷하다. 다만 역할과 손상 기전은 다소 차이가 난다.

힘줄의 경우, 움직임을 만드는 구조여서 대부분은 과다한 사용, 즉 무리한 경우가 많다. 골프엘보, 테니스엘보, 슬개건염, 아킬레스건염, 회전근개건염 등이 모두 힘줄 관련 질환이다. 치료는 과다한 사용을 줄여야 하며 잘못된 운동 동작으로 인한 손상을 줄이는 것이 중요하다. 힘줄 질환일 때는 근육 문제가 없는 지 확인이 필요하다.

인대의 경우는 좀 다르다. 관절이 제 위치를 잡을 수 있도록 하는 구조다 보니 대부분 외상과 관련이 많다. 발목염좌, 손가락염좌, 십자 인대 파열 등이 대표적인데 관절이 정상 범위 이상으로 사용될 때 인대가 파열되는 경우가 많다.

차지환의 경우는 발목염좌이므로 인대 손상이 맞지만 그 원인이 약한 위장에서 왔다. 인대 자체의 염좌는 고쳤지만 위장이 좋지 않기에 계속 신호가 가는 것이다.

시침 준비는 승주가 도왔다. 차지환은 이제 얌전히 누웠다. 첫 혈자리는 위상혈과 기해혈, 족삼리혈이었다. 모두 화침으로 넣었다. 마무리는 관원혈과 중완에서 맡았다. 관원에 꽂힌 침으로 위하수를 달래며 기세를 말단까지 밀었다. 위하수의 처진 부분이 꼼지락 움직이는 게 느껴졌다. 침감을 조절하면서 남은 침 끝을 다 밀어 넣었다. 저만치 먼 발목이 움찔 반응을 보였다.

'신호……'

윤도의 눈에 불이 들어왔다. 이번에는 약침을 뽑았다. 같은 관월혈에 이향투자침으로 넣었다. 미리 개척한 침감을 따라 약침이 질주했다. 늘어진 위하수가 수축하면서 제자리를 잡아갔다. 마무리는 미세 조절로 끝을 냈다. 혈자리에서의 조절은 언제나 어려웠다. 윤도라고 해도 방심은 금물이었다.

'휴우!'

숨을 골랐다. 발목은 이제 더 이상 움직이지 않았다.

마지막은 발목의 아시혈이 타깃이었다. 환자는 의사와 다르다. 본인이 스스로 찜찜한 마음을 떨치지 않으면 병이 낫지 않는 경우가 있다. 그것까지 떨쳐내 주어야 좋은 의사가 된다. 섬세하고 어린 피겨 선수에게는 더욱 그렇다.

윤도의 침은 발등의 태충혈로 들어갔다. 차지환이 가장 신경을 쓰는 아시혈이었다. 사실 이런 경우의 아시혈은 자침을 하지 않아도 되었다. 윤도의 본 치료는 이미 끝났기 때문이다. 하지만 플라시보 효과, 그걸 노리는 윤도였다. 플라시보도 엄연히 의술의 한 분야일 수 있었다. 그렇기에 태충혈에 다향투자침으로 세 개의 장침을 넣어주었다. 하나도 아니고 세 개. 차지환을 만족시키려는 침술 서비스였다.

따르릉!

타이머와 함께 발침을 했다.

"어때?"

윤도가 물었다. 차지환은 발목부터 꼼지락거렸다. 꼼지락꼼지락, 발목이 돌아갔다.

"어!"

차지환이 외마디 소리와 함께 윤도를 바라보았다.

"아파?"

"아뇨. 대박 시원해요."

"내려와 봐."

"어!"

이번에는 신발을 신고 윤도를 바라보는 차지환.

"어때?"

"너무 시원해요."

"……!"

"우와, 진짜 신기해요. 어쩌면 그럴 수가 있죠? 침 몇 방에……."

"위하수 약 지어줄 테니까 잘 챙겨 먹고, 식사 제시간에 챙겨 먹고……. 이번에 말쑥이 고쳐야지 이제 슬슬 성숙해지고 있어서 몇 번 더 다치면 선수 생활 오래 못 해."

"알겠습니닷!"

차지환은 허리가 부러져라 인사를 하고 나갔다.

"무지 귀여워요."

그 모습을 본 승주가 쿡 하고 웃었다.

다음으로 들어온 이현찬은 약간 수줍어하는 성격이었다.

"선생님."

그가 고개를 들었다.

"왜?"

"저 지환이 형보다 더 안 아프게 고쳐주세요."

"더 좋은 경기 보이려고?"

"네. 저번 평가전에서 제가 졌는데 기왕에 맞붙으면 이번에는 꼭 이기고 싶거든요."

이현찬이 웃었다. 승부욕은 누구보다 강한 선수였다.

"어디가 어떻게 아픈지 말해봐."

"도약과 착지예요. 점프를 할 때 발목이 뻐근하고요, 균형이 잘 안 잡혀요. 착지도 마찬가지고요."

"발등도 부었네?"

"진짜 내 발이 아닌 거 같다니까요. 꼭 중요할 때 말을 안 들어요. 그래서 부츠까지 바꿨는데……."

"그래?"

이번에는 윤도가 웃었다. 말은 이렇게 하지만 굉장한 성적을 올린 선수였다. 사실 김여나 이후의 피겨 선수들은 좀 불행한 면도 있었다. 그녀가 이룬 어마무시한 업적 때문이었다. 국민들 눈높이가 확 높아졌으니 주니어 그랑프리 파이널 2위의 성적도 성에 차지 않는 것이다. 하지만 그의 주 무기는 공중 4회전 플립. 웬만한 선수라면 시도도 할 수 없는 고난도의 연기였다.

촤라락!

파앗!

짜당!

윤도가 뜨면 이렇다. 하지만 이들이라면······.

파앗!

사뿐!

나플!

수준 자체가 다르다. 발목에 날개를 단 나비가 되는 것이다. 그 나비들이 날개를 다친 셈이었다.

아킬레스건병증.

그의 진단은 그랬다. 점프에 영향을 미치는 발뒤꿈치 아킬레스건의 이상이었다. 그 또한 과도한 훈련이 원인이었다. 침술은 종아리 근육을 이완시키는 쪽으로 가닥을 잡았다. 하지만 그것으로 끝은 아니었다. 아킬레스건 옆의 혈자리 두 개가 범상치 않았다. 뭔가 뭉친 느낌이 있었다. 좁쌀처럼 단단하고 동그란 덩어리였다. 약물을 발라 일침이혈로 한 방에 꿰었다.

"발목 좀 움직여 볼래?"

윤도가 주문을 넣었다. 꼼지락, 이현찬의 발목이 회전을 그렸다.

"느낌은?"

"아직은 잘 모르겠어요."

"오케이."

발목을 잡고 침감을 더 했다. 침은 시계 반대 방향으로 세심하게 감았다. 딸깍, 침과 혈자리가 완전하게 맞물리는 느낌이 왔다. 원하는 파동을 찾은 것이다. 거기서 손을 놓았다.

약간 부어오른 발등은 협계혈의 장침으로 해결을 했다.

"우와, 대박!"

침대에서 내려선 이현찬 역시 가뜬한 표정을 지었다. 그는 만족스러운지 제자리에서 세 바퀴나 스핀을 넣고 돌았다.

"발목 뻐근한 게 사라졌고요 균형 감각 대박이에요."

이현찬의 입이 귀밑까지 올라갔다.

"으아, 선생님이 현찬이를 더 잘 고쳐주셨나 봐."

안 총장과 들어온 차지환이 조크를 날렸다.

"이 녀석들이 이제 살판이 났나 보군. 어서 인사나 드려."

안 총장이 두 선수의 머리를 누르며 웃었다. 한숨 돌린 표정이었다.

"정말 고맙습니다. 이번 예선전이 대박을 치면 다 선생님 덕분입니다."

"별말씀을… 너희들 예선전 끝나면 한 번 정도 더 와서 침 맞자. 완전하게 자리를 잡아야 부상이 재발하지 않을 거거든."

"선생님, 저부터요."

다시 이현찬이 부지런을 떨었다.

"야, 너 죽을래?"

차지환 역시 지지 않았다. 둘이 아웅다웅하는 모습은 보기 좋았다. 좋은 라이벌, 그건 어느 분야에서나 필요했다. 그렇기에 윤도는 두 선수가 아름다운 경쟁을 하면서 세계 최고의 선수가 되기를 바랐다.

"고맙습니다!"

세 사람은 한 목소리로 합창을 하고 물러갔다.

그런데…….

결과적으로 이 순간의 바람은 모두 빗나가게 되었다. 퇴근
시간에 만난 박현수 때문이었다. 처음에, 윤도는 몰랐다. 그가
피겨 선수인지조차도.

"원장님!"

앞서 나가던 정나현이 윤도 팔을 툭 쳤다. 입구에서 서성거
리는 학생 때문이었다. 나이는 중고생으로 보였다.

"아까부터 대기실 기웃거리고… 밖에서 서성이고 있었어요."

"다른 환자랑 같이 온 거 아니고요?"

윤도가 물었다.

"아니에요. 혹시 도둑인가?"

승주가 고개를 저었다.

"이봐요, 학생."

윤도가 학생을 불렀다. 놀란 그가 재빨리 몸을 숨겼다. 그
래서 더 수상한 느낌이 들었다.

"아무래도 도둑 같아."

승주가 콧날을 구겼다.

"가세요. 안에 아저씨랑 종일이랑 있으니까 별일 없을 겁니
다."

"그래도 찜찜하잖아요?"

순간 학생이 다시 고개를 내밀었다. 주차장 담장 쪽이었다.

"잠깐만요."

윤도가 담장을 돌았다. 여직원들이 불안해하니 마무리를 하는 게 옳았다. 혹시나 좀도둑이어서 환자들 물건이라도 손대면 골치 아플 일이었다. 학생은 낮은 담 뒤에서 안을 보고 있었다. 그 뒤로 가다가 어깨를 쳤다.

"학생!"

"깜짝이야!"

학생이 가슴을 잡으며 주저앉았다.

'뭐야? 왜 이렇게 놀라?'

"너 뭐야?"

윤도가 물었다.

"아, 아무것도 아니에요."

학생이 손사래를 쳤다.

"아무것도 아닌데 몇 시간씩 이러고 있어? 너, 저기 간호사 누나들 좋아하냐?"

"예?"

학생이 눈을 동그랗게 떴다. 특이하게도 연상의 여자를 좋아하는 청소년들이 있다. 혹시나 해서 물었는데 그것도 아닌 모양이었다.

"그럼 좀도둑이냐?"

"아, 아니에요. 제가 무슨⋯⋯."

"그런데 왜 우리 한의원에 서성거려? 어디 아파서 온 거야?"

"⋯⋯."

"나 시간 없거든. 솔직히 말 안 하면 경찰 불러서 넘긴다."

"아, 안 돼요. 저 나쁜 애 아니에요."

"그러니까 목적, 혹은 이유!"

"실은⋯⋯."

"실은?"

"선생님, 저도 다리 좀 봐주세요."

학생의 눈빛이 애원 형태로 변했다.

"응? 다리?"

"아까 현찬이랑 지환이 형 다녀갔죠? 실은 저도 피겨 선수
예요. 무지 허접하지만요."

"⋯⋯?"

"안 총장님이 현찬이랑 지환이 형 데리고 간다고 해서 저도
부탁드렸는데 단칼에 짤렸어요. 그래서 예약 전화 했더니 2주
일 후나 3주일 후에 진료가 가능하다고⋯⋯."

"피겨 선수라고?"

"그래봤자 무늬만 선수예요. 성적도 개바닥이거든요."

"그런데?"

"집에서 아빠가 반대를 해요. 이번에 3등 안에 못 들면 그
만두라고 했는데 발목 부상이 잘 안 나아서⋯⋯."

"나으면 3등 가능해? 성적이 바닥이라며?"

"그냥 마지막 불꽃 한번 태워보려고요. 그럼 미련 같은 건 없을 거 아니에요."

박현수가 웃었다. 요즘 보기 드물게 순박한 미소였다.

"……?"

"선생님, 죄송하지만 저도 치료 좀 안 될까요? 이렇게 부탁합니다."

박현수가 허리를 반으로 접었다.

"……."

"선생님, 제발 부탁해요."

박현수의 눈빛은 몹시 간절했다. 어찌나 간절한지 윤도가 빨려들 것 같았다. 사실은 이진웅 부부와 저녁 약속을 한 상황. 하지만 그냥 지나칠 수가 없었다. 박현수의 진솔함 때문이었다. 게다가 이미 유망주 둘을 치료한 처지. 여기서 외면하면 인간 차별이 될 것만 같았다.

'할 수 없지.'

윤도가 박현수의 어깨를 세웠다. 어린 선수들 발목에 귀천이 있어서는 안 될 일이었다.

"장침 맞고 싶다고?"

"네."

"내 침은 좀 비싼데?"

"돈은 관계없어요. 아빠가 용돈 준 거 모으고 있거든요."

박현수가 체크카드를 꺼내 보였다. 그 자세 또한 마음에 들었다.

"좋아. 그럼 마지막 열정을 다 태운다는 조건하에 진료해 준다."

"아싸!"

박현수는 제자리에서 펄쩍 뛰며 좋아했다.

결국 연재도 퇴근을 미루었다. 윤도가 가라고 했지만 말을 듣지 않았다. 오히려 셋 다 남는다기에 연재의 요청을 받아들일 수밖에 없는 윤도였다.

"미안, 배 샘."

"어휴, 원장님은… 그런 말씀 마세요. 늦으면 다 시간 외로 달아주면서 뭐가 미안하세요? 다른 의원 가면 한두 시간은 그냥 일 시킨다고요."

"나는 다른 의원이 아니니까."

"아무튼 진료 시작하세요. 저는 침구실 준비해 둘게요."

접수를 마친 연재가 침구실로 들어갔다.

"박현수 선수?"

원장실에서 윤도가 물었다. 벗었던 가운을 꺼내 다시 입었다.

"네."

"어디가 불편한데?"

"……"

"안 불편해?"

"아, 아뇨. 발목이오, 발목!"

"발목염좌야, 아킬레스야?"

"아, 아킬레스요."

"치료는?"

"전에 받았는데 자꾸 재발해요."

"통증은?"

"조금요."

박현수가 손가락을 조금 가리켜 보였다. 이미 두 선수의 치료를 마친 윤도. 가벼운 마음으로 진맥에 들어갔다. 거기서 윤도의 심장이 덜컥 내려앉았다.

다시 한번.

"……!"

윤도는 머릿속이 마구 엉기는 것 같았다.

"선생님, 저는 그냥 발목에 침만 놔주시면 되요."

"쉬잇!"

경고를 하고 진맥을 이어갔다. 이 아이… 거짓말을 하고 있었다. 약간의 통증이라는 것도 거짓말이었다. 아니면, 초인적인 인내심이 있든지… 부상은 허리부터 시작이었다. 그게 고관절에서 무릎으로 가고 발목으로 갔다. 총체적인 난관. 그렇기에 몸에 미열도 가득했다. 엄살 좀 떠는 사람이라면 입원할 수준이었다.

"박현수?"

"네?"

"가라."

윤도가 진맥을 끝냈다.

"네?"

"거짓말을 하고 있잖아? 나는 나 안 믿는 사람 진료 안 한다."

"선생님!"

"가라고!"

"……"

"가라니까. 당장."

윤도가 일어나 가운을 벗었다. 그러자 현수가 그 팔을 잡았다.

"잘못했습니다. 하지만 아픈 데가 너무 많다고 하면 귀찮아서 치료 안 해주실까 봐……"

"그래서 발목만 고치고 가려고?"

"거기가 가장 아프니까 거기만 안 아파도 저는 해볼 만해요. 꼭 면도날이 든 것 같아서요."

또 박현수가 웃었다. 이 아이는 참 미워하기 힘든 아이였다.

"언제부터 이랬냐?"

"중학교 올라간 후부터요."

"치료 제대로 안 했지?"

"그냥 동네 정형외과와 한의원에서……"

"큰 병원 안 가보고?"

"저는 무늬만 선수잖아요? 아홉 명 출전한 국내 대회에서 5, 6, 7등 단골이에요. 어쩌다 상위권 선수들이 해외 대회에 참가하거나 할 때 운 좋게 3등 한 번 먹은 게 전부예요. 고난도 기술을 죽어라 연습하기는 했는데 빙판에만 서면 발목이 아파서… 그러다 보니 아빠가 피겨 선수로는 비전 없다면서 그만두라고 성화거든요. 게다가 피겨에 돈 많이 들어간다고 말씀이 많으셔서 큰 병원 가겠다고 하기가……."

"용돈 모았다며?"

"지환이 형에게 얘기 들었는데 유명하신 분에게 진료받으려면 돈이 굉장히 많이 든다고 해서……."

"나도 유명해."

"그래서 발목만……."

"너 정말……."

"죄송해요. 선생님."

"아빠는 그렇다고 치고 엄마는? 어차피 피겨 선수 돈 많이 든다는 거 알고 시작한 거잖아?"

"엄마 얘기도 해야 해요?"

박현수의 눈자위가 구겨졌다. 내키지 않는다는 표정이었다.

"해."

윤도가 고집을 부렸다. 이 녀석이 어떤 녀석인지 알고 싶었다.

"엄마는 중학교 때 돌아가셨어요. 지금은 새엄마예요."

"……?"

"엄마가 계실 때는 아빠 몰래 많이 도와주셨는데……."

박현수의 목소리가 기어들어 갔다. 조금 전 활달하고 붙임성 있던 것과는 딴판이었다.

"죄송해요. 그래서 이번만 참가하고 그만두려고요. 저, 죽은 엄마의 소원이던 4회전 살코를 배웠거든요. 혼자 죽어라고 연습했어요. 제대로 성공시켜 본 적은 없지만… 또 꼴찌 먹더라도 그거 한번 제대로 성공하고 싶어서요."

"아빠가 내건 옵션이 뭐라고?"

"3등 안에 드는 거요."

"박현수."

"네?"

"치료비는 기본만 받으마. 얼마 되지 않을 거야. 그러니까 나하고도 약속 하나 하면 풀코스로 치료해 주마. 너 지금 허리부터 넓적다리, 무릎, 발목까지 세트로 아프거든."

"우와, 족집게!"

"약속할 거야? 말 거야?"

"할, 할게요. 제가 할 수만 있다면."

"4회전 살코인가 뭔가 그거 제대로 하면 몇 등 될 수 있냐?"

"뭐 제대로만 발동 걸리면 1등도……."

"그럼 1등 먹어라."

"예?"

"제대로 하면 1등 먹는다며? 네 엄마에게 제대로 된 4회전 살코 보여주고 싶다며?"

"하지만……."

"너 그거 아냐? 3등을 목표로 하는 사람은 잘해야 4, 5등일 경우가 많아. 3등을 안전빵으로 먹으려면 적어도 1등을 목표로 해야 해."

"……."

"내가 경험자다. 나 처음에 전교 3등을 목표로 공부했거든. 그랬더니 맨날 4, 8등이더라고. 그래서 두렵지만 목표를 전교 1등으로 세팅했지. 그제야 겨우 전교 1, 3등 안에 들었어."

"우와! 대박."

"할래? 말래? 나, 너하고 놀아줄 시간 없거든."

"할, 할게요. 그럼 허리부터 무릎, 발목까지 다 고쳐주시는 거예요?"

"그래."

"알았어요. 저 이번 선발전 및 랭킹전에서 1등이 목표예요."

다짐을 들은 윤도가 주먹을 내밀었다. 박현수도 자기 주먹을 윤도 주먹에 부딪쳤다. 그걸 신호로 시침이 시작되었다.

박현수의 부상 기원은 간과 비장이었다. 이곳의 기가 약하므로 척추가 우로 살짝 휘었다. 진작 바로잡았으면 좋았겠지만 그는 하위권의 선수. 국가 대표와 거리가 멀다 보니 체계적인 도움을 받지 못했다. 개인 훈련 과정도 그랬다. 열심히만 했지 과학적인 훈련이 아니었다. 그러다 보니 부상이 차곡차 곡 쌓여 결국 한쪽 라인이 거의 무너지고 말았다.

일단 신주와 좌, 우간수혈에 화침을 넣었다. 후끈한 작렬감 을 더했다. 그런 다음 비근혈에 가까운 자리에 장침을 넣어 간 과 비장으로 가는 기를 화끈하게 더해주었다. 고관절에 장침 을 넣고는 바로 발목으로 내려갔다. 박현수가 가장 큰 고통을 느끼는 곳은 정강이에서 발목을 거쳐 발로 내려오는 근육이 었다. 안쪽 복숭아뼈의 지속적인 마찰로 인한 염증이었다.

'하병상치(下病上治).'

윤도가 머리에 그리는 단어였다. 발의 병을 팔에서 잡으려 는 것. 반대로 침은 상병하치도 얼마든지 가능했다. 윤도의 선택은 곡택과 곡천혈이었다. 침을 꽂고 가볍게 관절운동을 시켰다. 그 반응에 따라 침감을 조정했다.

"느낌이 굉장히 좋아요."

박현수의 표정이 확 밝아졌다.

"이 거짓말쟁이야. 미안하지만 이제 시작이거든?"

"……."

윤도의 말에 박현수가 입을 다물었다.

이제 시작.

윤도의 시선은 무릎에 있었다. 박현수의 고질은 무릎 가운 데의 십자 인대가 살짝 어긋난 상태였다. 그 안에는 작은 염

중 덩어리도 여럿이었다. 그 영향이 발목으로 내려왔다. 허리와 발목. 그 중간에서 지렛대 역할이 버거웠던 것이다. 그러니 여기를 잡지 않으면 자칫 골암이 될 가능성도 높았다.

'어디 보자······.'

네 군데서 사혈을 하고 시침에 돌입했다. 무릎을 경계로 세침을 역피라미드로 세웠다. 그런 다음 하부의 장침을 돌려 감았다. 잘 돌아가지 않았다. 침 끝을 살짝 들었다가 밀었다. 한번 더 밀었다. 침은 금세 부러질 듯 휘었지만 결국 안으로 들어가 주었다.

띠릭!

띠릭!

반 바퀴쯤 감아 돌리자 박현수의 무릎 십자 인대가 반응을 했다. 이번에는 약침 세 개를 동원했다. 염증을 잡으려는 것이다. 이제 윤도의 약침은 종류가 늘어가고 있었다. 그간의 치료 경험을 토대로 낸 구성을 진경태가 맞춰주는 것이다.

그 확인은 윤도의 자동 분석과 공인 분석 기관의 검사로 인증을 했다. 영약만은 못하지만 다른 한의원의 약침보다는 몇 배나 나았다.

약침까지 들어오자 슬개골과 경골 부위로 뻗어가던 염증들이 녹아내렸다. 그러자 십자 인대에서 시원한 소리가 삐져나왔다.

따각!

접골사들이 뼈를 맞출 때 나는 소리였다. 놀란 박현수가 머리를 들었다. 윤도가 손을 들어 안심시켰다.

'30.'

타이머를 맞추고 재차 맥을 잡았다. 간장과 비장의 기혈에 활기가 도는 게 느껴졌다. 그 맥을 따라 고관절, 무릎, 발목을 체크했다. 엉클어진 파동이 자리를 찾는 게 느껴졌다. 이대로 두 바퀴만 온몸을 돌면 제대로 자리를 잡을 것 같았다.

땡!

타이머가 멈췄다. 환부에 따라 보사를 달리해 침을 뽑았다. 마지막은 무릎이었다.

푸시쉬!

오랜 사기(邪氣)가 침과 함께 딸려 나왔다. 그 사기의 한 올까지 침 끝에 묻어 나왔다.

"일어나 봐."

윤도가 박현수를 바라보았다. 하지만 박현수는 꼼짝도 하지 않았다.

"박현수."

"저 안 일어날래요."

"왜? 아직 그대로야?"

"아뇨. 아까부터 느낀 건데 굉장히 좋아요."

"그런데 왜? 일어나서 체크해 봐야지."

"움직이면 또 아플까 봐서요."

"푸웃!"

뒤에서 보조하던 연재가 웃었다. 빙판 위에서 날아오를 때면 어마어마한 내공을 가진 것 같지만 그들도 일상에서는 그저 학생에 불과했다.

"그럼 너 여기서 살아라. 우린 퇴근한다."

윤도가 전등 스위치를 잡자 그제야 박현수가 발딱 일어섰다.

"우와, 대박, 대애박!"

박현수는 온몸을 주무르며 좋아했다. 시큰 저릿하던 느낌이 외계로 날아간 것이다.

"선생님, 고맙습니다. 저 꼭 3등은 먹을게요. 1등은 가능하면 먹고요."

박현수는 다섯 번 정도나 허리를 조아리고 돌아갔다.

"어휴, 쟤, 우리 원장님이 진료 안 봐줬으면 어쨌을까요? 너무 좋아하네요."

"3등 먹을 수 있을까?"

"좀 힘들지 않겠어요? 맨날 꼴찌만 했다는데……."

"나는 먹을 거 같은데?"

윤도가 웃었다.

"네?"

"이번에는 동기가 확실하잖아? 동기라는 거 굉장히 무서운 에너지거든."

"하긴 몸 상태도 좋아졌고 원장님하고의 약속이기도 하니까요."

"3등 먹으면 한턱 쏠게."

"원장님이 왜요?"

"기분 좋잖아?"

"그건 아무래도 좋은데 빨리 가보셔야 하는 거 아니에요? 아까 오늘 저녁 약속 있다고 하신 거 같은데?"

"으악!"

그제야 선약이 생각난 윤도가 몸서리를 쳤다. 이진웅 부부와 약속된 선약. 시계를 보니 벌써 30분이나 늦은 상태였다.

"배 샘, 미안. 나 먼저 갈게. 뒷정리 좀 부탁해."

윤도가 밖으로 뛰었다. 그 허둥거림을 따라 연재의 외침이 따라 나왔다.

"원장님, 가운은 벗고 가셔야죠!"

박현수.

나중의 결과지만 놀랍게도 이번 2차 선발전에서 파란을 일으켰다. 부담 없이 펼친 연기로 1등을 먹어버렸다. 협회 관계자들조차 경악하게 된 무명의 반란이었다.

2등은 차지환에게 돌아갔고 3등은 이현찬의 몫이었다. 이현찬의 3등은 4회전 플립에서 실패하고 한 번 엉덩방아를 찧은 게 결정적이었다. 그게 또 몸 상태가 좋아진 탓이었다. 욕심을 부리다 자멸하고 만 것.

국가 대표 티켓은 그간의 점수를 종합해 차지환의 차지가 되었지만 박현수 또한 굉장한 주목을 받았다. 그가 시도한 4회 전 살코가 신선한 충격이었다.

다소 거칠지만 정석대로 들어간 4회전 살코. 착지까지 유연했으니 관중들의 기립 박수를 받았다.

이날 박현수는 혼자 출전했다. 그 시간, 새엄마는 꼴찌가 뻔한 연기를 지켜보는 대신 전 코치와 호텔방에서 뒹굴고 있었고 아버지에게는 말도 하지 않았다. 친구들 역시 부르지 않았다. 박현수와 함께한 건 두 명의 '이름'이었다.

전희경.
채윤도.

박현수는 낡은 스케이트 양쪽에 두 이름을 썼다. 하나는 죽은 엄마였고 또 하나는 윤도였다. 어쩌면 마지막. 그렇기에 두 사람에게 바치는 연주였다. 시상식이 끝나자 눈썰미 있는 기자들이 이름의 사연을 물었다.

"채윤도 선생님이 장침 한 방으로 제 꿈을 살려주었습니다. 제 발목에 날개를 달아주었어요."

그 뉴스는 온 국민의 심금을 울렸다. 나아가 윤도에게는 좋은 선물이 되었다.

이 동영상이 유튜브에 올라가 세계인들이 보게 되면서 상상 밖의 선수를 환자로 맞이하게 된다. 알리나 메드코바. 지난해 롬바르디아 트로피 대회에서 무려 219.28의 점수를 올려 단숨에 차세대 피겨 여왕 후보로 등극한 우크라이나 태생의 러시아 여자 피겨 선수. 그러나 발목 부상 이후로 주니어 대표에서 밀려나 자취를 감췄던 그녀가 윤도를 찾아오게 되는 계기를 만들어주었다.

더 좋은 소식은 박현수의 새엄마가 이혼을 당했다는 사실이었다. 새엄마라서 나쁜 게 아니라 원래 나쁜 여자였다. 그녀는 박현수의 코치와 눈이 맞았다. 알고 보니 남편에게서 가져간 돈이 굉장히 많았다. 박현수 훈련비 핑계를 댔지만 정작은 코치와의 불륜 유흥비였다. 아버지의 짜증은 괜한 게 아니었다. 엄청난 돈을 내주었지만 돈은 엉뚱한 데로 새고 있었던 것이다.

사실을 알게 된 남편은 그녀를 내치고 아들을 품었다. 박현수는 유망주로 선정되어 체계적인 훈련도 가능하게 되었다. 박현수에게 진짜 선수의 길이 열린 것이다. 박현수가 비로소 물심양면의 날개를 달게 되는 순간이었다.

하지만 이날, 윤도의 뒷일은 그리 순탄하지 않았다.

9. 당신의 하루는 얼마일까요?

땅!

도로에서 일어난 접촉 사고가 시작이었다. 화물차를 추월하려다 옆 차선 차량과 키스를 했다. 접촉이 크지 않아 다행이었다. 급한 마음에 신호 위반에도 걸렸다. 그때까지도 이진웅의 독촉 전화는 없었다.

"채 선생님!"

약속된 한정식집에 도착하자 이진웅이 다가왔다. 그는 주차장 앞에서 기다리고 있었다.

"죄송합니다. 갑자기 침을 놓아야 할 환자가 생겨서……."

윤도가 고개를 숙였다. 출발하면서 문자를 하기는 했지만

1시간도 더 늦은 윤도였다. 게다가 상대가 누군가? 할 일 없
어 시간이나 죽이는 부류들이 아니었다.

"아닙니다. 다들 이해하고 있습니다. 채 선생님이라면 또 누
군가의 인생을 구하고 계셨을 테니까요."

"과찬입니다. 제가 오지랖이 넓은 관계로……."

"들어가시죠."

이진웅이 안내를 자처했다.

드륵!

내실 문이 열리자 윤도 눈이 휘둥그레졌다. 안에는 네 명이
나 있었다. 이진웅의 아내와 그 오빠, 동생, 그리고 그들이 데
려온 변호사…….

"어서 오십시오."

오빠가 대표로 인사를 했다.

"늦어서 죄송합니다."

한 번 더 인사로 미안함을 표했다.

"아닙니다. 저희가 뵙자고 한 건데 이 정도면 양반이죠."

오빠가 윤도 자리를 권했다. 윤도는 이진웅 옆자리에 앉았
다. 오래 기다린 관계로 식사가 먼저 나왔다. 정갈한 한식 반
찬 39가지가 나오는 코스였다.

"이거 좀 드셔보세요. 이 집 대표 메뉴입니다."

이진웅의 아내는 윤도를 많이 챙겨주었다. 그게 황송해 주
는 대로 호로록호로록 받아먹는 윤도였다. 식사 중에 창곡군

의 장침 봉사가 자연스레 화두에 올랐다.

"저는 허준의 환생인 줄 알았어요."

"역시 채 선생님이더라고요."

격려가 쏟아졌다. 이어서 지 회장의 진료에 대한 인사가 이어졌다.

마지막 몇 시간의 빛나는 호흡.

그날 지 회장의 인생 마감은 아름다웠다. 만일 윤도가 아니었다면 인간의 존엄을 보장받지 못한 채 목숨이 다했을 지 회장이었다.

"오빠!"

식사가 끝나가자 이진웅의 아내 지수혜가 오빠에게 신호를 보냈다.

"채 선생님!"

오빠가 묵직하게 운을 떼고 나왔다.

"예."

"진작 찾아뵙고 인사드려야 했는데 회사 정리가 바빠서요. 게다가 아버지 유언과 재산 정리도 있고."

"저는 괜찮습니다."

"저희가 안 괜찮죠. 선친께서 운명하시기 직전에 채 선생님께 보은하라는 유언을 주셨거든요."

"이 식사면 충분합니다."

"아닙니다. 그게 유언이 되다 보니 저희 마음대로 할 수가……."

오빠의 표정은 완곡했다. 그들로서는 이렇게라도 지 회장의 유언을 받들고 싶은 모양이었다.

"저희끼리 고민을 좀 해보았습니다. 아버지의 마지막 하루… 만약 돈으로 환산하면 얼마나 될까."

"……."

"해서 회사의 통계 직원들에게 맡겨보았더니… 3억 5천만 원쯤 된다는 계산이 나왔습니다. 그날 아버지께서 정신을 차리고 준공식을 본 후에 임종을 가짐으로써 가문에는 영광이오, 회사 역시 이미지가 부각되었거든요."

"……."

"수혜야, 이제 네 차례다."

분위기를 잡은 오빠가 이진웅의 아내에게 발언권을 넘겼다.

"저는… 이 사람에게 말했다시피 아버지께서 잠시라도 정신이 돌아와 풍용 스카이벨트를 볼 수 있다면 몇 억을 내놓아도 아깝지 않다고 했어요."

지수혜가 윤도를 바라보았다. 그러자 윤도 등골에 진땀이 맺혀왔다. 여기 분위기, 조금씩 이상하게 돌아가고 있었다.

"해서 아버지의 3억 5천에 제가 1억 5천을 채워 5억을 맞춰 드릴 생각입니다. 마침 풍용푸드의 주식으로 계산하니 약 2천 주가 되더군요. 저희 변호사께서 모든 뒷정리를 맞췄으니 받아 주시기 바랍니다."

지수혜가 주식 증서 봉투를 내밀었다.

"사모님."

"받아주시지 않으면, 죄송하지만 여기서 보내 드리지 않을 겁니다."

5억짜리 감옥이다.

돈을 챙기면 나가고 챙기지 않으면 나가지 못한다? 완곡한 표현이기에 더 부담스러운 윤도였다.

"그렇다고 해도 이건 받을 수 없습니다. 정 그렇게 성의 표시를 하고 싶다면 한 분이 주식 10주씩 30주만 주십시오. 그거면 충분합니다."

풍용푸드의 주가는 약 25만 원 남짓. 30주만 해도 800여만 원이 될 판이었다.

"저희는 이미 모든 재산 분할을 마친 상태입니다. 그러니 더 거절 마시고……."

"아닙니다. 이건 받을 수 없습니다. 지 회장님을 살렸다면 모르되 잠깐 정신이 들게 한 것뿐인데……."

"아버지에게는 그 잠깐이 전 생의 시간만큼이나 소중한 순간이었습니다."

"정 그러시면 회장님의 유언을 공개해 주십시오. 저에 관련된 부분 말입니다. 수긍할 만한 유언이라면 다시 생각해 보겠습니다."

"변호사님!"

지수혜가 변호사를 바라보았다. 그러자 그가 녹음을 틀었다.

─그 한의사가 내 정신을 찾아주었지?

─목숨 가진 동물이 자기 목숨 구해준 은인 모를 수 있을까?

─그 의사는 따로 성심껏 챙기고.

─마지막 가는 길에 이 멋진 진료비를 빚지고 갈 수야 없지.

녹음 안에서 지 회장의 목소리가 흘러나왔다. 준공식 때 마지막으로 한 말. 그걸 녹음한 지 회장의 아들들이었다.

"이제 받아주시겠습니까?"

지수혜가 다시 봉투를 내밀었다.

"목숨 가진 동물이 자기 목숨 구해준 은인 모를 수 있을까?"

"마지막 가는 길에 이 멋진 진료비를 빚지고 갈 수야 없지."

두 마디가 윤도의 심금을 울렸다. 이렇게 되면 받지 않을 수도 없는 상황. 하지만 5억은 아무리 생각해도 큰돈이었다.

"그렇다면 제가 의견을 하나 드려도 될까요?"

윤도는 결국 대안 카드를 꺼내 들었다.

"말씀해 보시죠."

"그 멋진 진료비라는 말입니다. 그 진료의 핵심은 장침이었습니다."

"……!"

실내의 일동은 윤도 말에 귀를 기울였다.

"그런데 사실 민족 의학으로 꼽히는 침술이 점점 쇠락해 가고 있습니다. 어쩌면 10년 후, 혹은 20년 후였다면 지 회장님의 하루는 보장되지 않았을 겁니다."

"……."

"이유가 많지만 침술에 대한 사회적 평가가 낮다 보니 침구학에 대한 투자가 적어서 그런 게 아닐까 싶은 생각이 들었습니다. 해서 지금 당장은 아니지만 제가 다음에 관록을 쌓게 되면 침술을 특화한 최정예 한의대를 만들고 싶습니다. 그러니 그 돈은 그냥 두셨다가 제가 부탁을 드릴 때 지원금으로 밀어주셨으면 합니다."

"침술을 특화하는 정예 한의대를 꿈꾸신다고요?"

반응은 오빠 입에서 나왔다.

"예. 주제넘기는 하지만……."

"그거 일이 년 안에 하실 건 아니죠?"

"당연히……."

"그럼 제가 따로 도와드리죠. 여기 우리 고문 변호사님 앞에서 약속합니다. 만약 제가 못 하면 제 동생들이 할 겁니다."

"사장님."

"그러니 일단 그 주식은 받아가 주십시오. 아니면 저희도 지원하지 않습니다."

"……!"

윤도의 입장이 더 황당해졌다. 이건 수습이 아니라 확장이었다. 너무 많은 금액이라 사양한다는 것이 대학 설립 후원을 요청한 꼴이 되어버렸다.

"받아가시면 저도 아버지와 함께 후원해 드리죠. 아마 부용이도 찬성할 겁니다."

이진웅까지 가세하고 나섰다. 분위기는 윤도에게 넘어오지 않았다. 결국 지 회장의 유산을 받고 차후에 대학 설립 계획이 나오면 풍용푸드 차원의 지원이 있을 거라는 약속까지 받아 든 채 작별의 시간을 맞았다.

"고맙습니다!"

지 회장의 일가들은 정중한 인사를 남기고 멀어졌다. 윤도만 남았다.

5억 주식 봉투…….

생각지도 못한 거금이었다.

그 위에서 지 회장이 웃었다.

고맙네.

꼭 받아주시게… 하고.

지 회장의 하루 목숨값으로 계산된 5억.

'나의 하루는 얼마일까?'

문득 궁금해졌다.

'당신의 간절했던 하루처럼 값지게 쓰죠.'

지 회장을 생각하며 봉투를 품었다.

빠라빠라빵!

집으로 가는 길 아버지에게 전화가 왔다.

"어, 웬일이세요?"

윤도가 전화를 받았다.

─응, 오늘 집에 들어오나 해서.

"당연히 가죠. 약주 한 병 받아드려요?"

─뭐 그럼 좋지.

"좋은 일 생기셨어요?"

─응? 그건 아니고…….

대답하는 아버지의 목소리가 조금 무거웠다. 아버지는 이렇다. 얼굴이나 목소리에 기분이 고스란히 드러난다. 보아하니 비즈니스가 잘 안 되는 모양이었다. 새로운 거래처가 사정권에 들었다고 좋아하더니 또 퇴짜를 먹은 걸까?

일식집에 들러 최상급 초밥을 넉넉히 샀다. 아버지가 좋아하는 청주도 두어 병 구했다. 참치 회까지 포장해 차에 올랐다.

"이야, 이게 웬 참치야? 때깔을 보니 참다랑어?"

반색을 한 건 윤철이었다. 아버지는 욕탕에 있었다.

"무슨 일?"

윤도가 어머니를 향해 조심스러운 눈짓을 보냈다.

"무슨 일이겠니? 보나마나 또 영업 헛다리 짚으셨겠지. 네 아버지 성격이 워낙 고지식하니……."

어머니가 혀를 찼다. 살 만큼 살았으니 아버지 성격 모를 어머니도 아니었다. 하지만 매번의 거래에서 이용을 당할 때마다 아버지가 약지 못한 걸 아쉬워하는 어머니였다. 그때마다 아버지는 응수했다.

"이 사람아, 약아빠진 것만이 능사가 아니야. 그렇다고 우리가 밥을 굶어, 집이 없어?"

아버지의 말은 맞았다. 이따금 손해를 보지만 그 손해들은 성실과 신용으로 남는 경우가 많았다.

"어, 우리 채 의원 왔네?"

그사이에 아버지가 물기를 털고 나왔다.

"아버지 머리 물기 촉촉하니까 30대 같으신데요?"

윤도가 분위기를 띄웠다. 그 분위기는 윤철이 가라앉혔다.

"아버지 속알 머리 빠진 거 안 보여? 조크도 때를 가려야지."

"……."

"그래. 윤철이 말이 맞다. 아무리 립 서비스를 받아도 이렇게 늙어가는 거지."

아버지가 식탁 의자를 당겼다.

꼴꼴꼴!

데운 청주를 따라주었다. 아버지는 이런 술을 좋아했다.

"너도 한잔하렴."

"예."

윤도가 술을 받았다. 윤철은 맥주를 가져와 곁다리에 붙었다. 안주가 좋으니 빠질 리가 없었다.

"친구 놈들이 내 백으로 네 한의원 예약 좀 하자고 난리다."

아버지가 잔을 들었다.

"그럼 오시게 하세요. 그 정도도 못 해드리겠어요."

"아서라. 아버지가 되어가지고 채 의원 돕지는 못할망정 짐이 될 수는 없지."

"그건 짐이 아니고 가족 관계입니다. 우리 직원들 지인도 봐주는데 아버지 지인 못 봐주겠어요?"

"어이쿠, 말만 들어도 뿌듯하구나."

"누가 많이 아파요?"

"뭐 우리 나이면 안 아픈 데 없지 않겠니? 마시고 피우고 스트레스받고……."

"많이 아픈 분 순서로 모셔 오세요. 숨 끊어진 분만 아니면 다 낫게 해드릴게요."

"채 의원, 그럼 언제 우리 요양원에도 시간 좀 내줘. 우리 원장님, 요즘 나한테 너무 설설 기셔."

옆에 있던 어머니가 끼어들었다.

"침술 봉사 와달라고요?"

"왜 아니겠어?"

"학생 때 봉사 갔을 때는 그만하고 가라 등을 미시더니……."

"그때하고 같아? 지금 채 의원은 명의인데……."

어머니 목에 힘이 들어갔다.

"좀 한가해지면 쉬는 날 한번 갈게요. 한나절이면 될 거 아니에요?"

"한나절은? 한 시간만 해도 감지덕지지."

"알았습니다."

"정말이지? 나 지금 원장님한테 전화한다."

어머니가 반색을 하고 일어섰다. 윤철까지 보고서를 쓴다고 들어가자 식탁에는 윤도와 아버지만 남았다.

"일이 잘 안 되세요?"

술을 따르며 돌직구를 던져 버렸다. 이제는 아버지를 도울 능력도 생긴 윤도였으니 돌아갈 필요도 없었다.

"세상이 늘 그렇지, 뭐."

아버지 눈가에 세월의 무게가 깊어갔다. 어머니 안 된 줄만 알았지 아버지 늙어가는 건 잘 모르는 아들들……

"자금이 모자라면 제가 투자 좀 할까요?"

"아서라. 너 개업할 때도 못 도와줬는데……"

"쳇, 아들이 아버지 좀 도우면 안 돼요? 저 이제 옛날의 윤도가 아니거든요."

"그거야 알지."

"그런데 왜 그렇게 주저하세요. 친구분들을 아들 한의원에도 못 보내, 투자도 안 받아… 저도 효도할 기회 한번 주세요."

"……"

"아버지."

"윤도야."

"예?"

"미안하지만……."

"아, 진짜… 속 시원히 말해보세요. 미안할 거 하나도 없거든요. 아버지는 언제나 새벽처럼 일어나서 우리 가족을 위해 열심히 사셨잖아요? 아파도 몸으로 때우면서……."

"그거야 다른 가장도 다 그래."

"아뇨. 아버지는 달라요. 그러니까 좀……."

"알았다. 그럼 말이다… 너 혹시 치매 치료도 가능하냐?"

"치매요?"

"그게… 내가 일감 좀 늘여보려고 의기투합하던 중소기업 사장님이 있는데… 일이 잘되어가고 있었는데 이 양반이 최근 느닷없이 치매가 걸리는 통에 병원에 들어가 버리고 그 아들이 경영권을 잡았지 뭐냐? 그래서 납품 계약 직전에 그만 헛물을 켜게 생겼다. 굉장히 오래 투자한 일인데……."

헛물!

아버지의 어깨가 늘어진 이유가 나왔다.

10. 자존심이냐 생매장이냐

"그래서 기운이 빠지신 거예요?"

"뭐 겸사겸사… 얼마 전까지만 해도 정정하던 양반이 갑자기 그 꼴이 됐으니 인생이 무상하기도 하고… 그 양반이 평생을 바쳐 이룬 기업이 망나니 아들 손에서 분해될 생각을 하니……."

"제가 고쳐 드릴게요. 됐어요?"

"치매도 가능하냐?"

"아버지가 원하면 가능해요."

"정말? 그게 급성으로 와서 상당히 심각한 지경이던데……."

"급성이면 더 좋죠. 그러니까 이제 편안하게 한잔하세요."

"너, 나 위로하려고 하는 말 아니지?"

"아닙니다. 이미 치료한 경험도 많거든요. 그러니 모시고 오든지 아니면 저를 데리고 가든지 하세요. 바로 정신 돌아오게 해드릴 테니까요."

"윤도야!"

고무된 아버지가 윤도 손을 잡았다. 아버지, 두 눈이 그렇게 반짝이기는 참 오랜만이었다.

이날 밤, 윤도는 아버지를 위해 산해경을 찾았다. 신비경을 잡은 손이 가뜬했다. 늘 혼자 고민하고 혼자 해결하는 아버지. 그 아버지의 부탁을 받았다. 치매라면 장침만으로도 자신이 있는 윤도. 하지만 아버지를 위해 만약의 경우까지 챙기는 것이다.

북산경 용후산을 따라가니 황하가 나왔다. 거기서 메기를 닮은 물고기를 잡았다. 치매의 영약이었다. 현실로 나온 물고기는 몇 번 입을 뻐끔거리다 얌전해졌다. 윤도의 분석기가 돌아갔다.

[원산] 산해경.
[약재 수령] 27년.
[약성 함유 등급] 上上품.
[중금속 함유] 무.
[곰팡이 독소] 무.

[약재 사용 유무] 가능.

[용법 용량] 자정부터 정오까지 통째로 12시간 고아 복용한다. 낮밤, 2회에 나눠 마시면 치매가 낫는다.

[약효 기대치] 上中.

'오케이.'

영약 채집을 끝낸 윤도는 가뜬하게 잠이 들었다.

미세 먼지가 많은 날, 출근길의 주차장에서 손님을 만났다. 국정원 차장보와 수행과장이었다.

"덕분에 일이 잘되었습니다. 북쪽 손님이 정신을 차렸답니다."

차장보가 인사를 건네왔다.

"다행이네요."

"그쪽에서도 수행원들에게 보고를 받고는 언제 식사 한번 대접하겠다고 하네요."

"저보다야 강기문 박사님을 챙기셔야죠."

"하지만 저쪽 수행원 중에서 채 선생님을 인상 깊게 본 사람이 있는 모양입니다."

"말씀만이라도 고맙다고 전해주십시오."

"이건 약속한 진료비입니다. 국정원 예산으로 드리는 것이니 그 또한 기밀로 부탁합니다."

"예."

봉투를 받았다. 기밀을 강조하니 실랑이를 벌이기도 뭣한 윤도였다.

"청와대에서도 채 선생님에 대해 고마워하더군요."

"번거롭게 확대하실 필요 없습니다. 한의사로서 집도의를 도운 것뿐이니까요."

"그럼……."

차장보는 인사를 남기고 멀어졌다. 봉투 안에 든 돈은 1,000만 원이었다.

1,000만 원.

풍용푸드의 5억과는 느낌이 아주 달랐다. 살면서 국정원 돈을 다 받을 때가 있다니.

"원장님!"

진료 시간이 되기 전에 정나현이 원장실로 들어섰다. 그녀는 목에 좋은 모과차 한 잔을 내려놓았다.

"진료 시작할까요?"

"그래야요. 뭐 좋은 일 있으세요?"

"저야 뭐, 늘 좋죠. 여러분이 잘 보필해 주시니……."

"그건 저희가 할 말이네요. 원장님 침술이 신의급이다 보니 환자들이 얼마나 고분고분한지 몰라요."

"하실 말씀 있어요?"

"저기 화암한의원 말이에요."

"네⋯⋯."

"동창이 연락받았다며 카톡을 보냈는데 원장이 벌금 내고 나왔다네요. 변호사를 굉장히 센 사람으로 붙였나 봐요."

"예⋯⋯."

"아휴, 무슨 법이 그런데요? 나쁜 짓 한 사람은 좀 벌도 세게 주고 그래야지."

"그러게요."

"저러다 나중에 또 원장님께 해코지할까 봐 겁나요."

"걱정 마세요. 이젠 쉽지 않을 겁니다."

"아니에요. 제가 동창한테 들었는데 알고 보니 전에도 강남에서 잘나가던 미용 전문 한의사를 그렇게 밟았다고 하더라고요."

"그 사람은 약점이 있었나 보죠?"

"네?"

"우린 꿀리는 거 없잖아요? 멤버들 케미 좋고 약재도 최상급이고⋯ 털어봤자 그 사람 팔만 아플 겁니다."

"하긴⋯⋯."

정나현이 수긍할 때 진경태가 들어왔다.

"원장님."

"아, 제 약재는 준비되었나요?"

윤도가 물었다. 치매 영약의 탕제를 부탁한 윤도였다.

"그거야 당연히 잘 준비하고 있고요, 손님이 왔습니다."

"손님요?"

윤도가 진경태를 따라 약제실로 들어섰다. 거기 형사가 있었다. 지난번에 비리 형사팀장을 따라와 약재 샘플을 가져간 그 형사였다.

"그날 가져간 약재와 장침 등의 검사 결과를 가져오셨네요."

진경태가 형사를 바라보았다.

"예… 저희 과장님이 팀장님 일 사과도 할 겸 가져다 드리라고 해서요."

형사가 검사 성적표를 내밀었다. 이건 용 검사의 후광으로 보였다. 경찰도 윤도와 용 검사가 각별하다는 걸 경찰서가 인지한 모양이었다.

"제가 먼저 봤는데 아주 좋습니다. 뭐 달리 나쁠 이유도 없지만요."

진경태가 서류를 받아 윤도에게 건네주었다.

최상.

적합.

우수.

각종 검사 결과 뒤에는 한결같이 좋은 결과가 찍혔다. 약재만은 최상품으로 받아 최적의 조건에서 관리해 온 윤도와 진경태. 위기 속에서도 그 노력은 빛을 발하고 있었다.

"이거 우리한테 줄 필요 없습니다."

윤도가 결과지를 돌려주었다.

"예?"

형사의 눈이 휘둥그레졌다.

"사실 이 결과가 궁금한 사람은 따로 있지 않습니까?"

"……"

"그 사람에게 가져다주세요. 마침 벌금 내고 컴백해서 진료 중이라고 하더군요."

"원장님."

"제 생각에는 그게 옳습니다. 결과지라는 건 의뢰를 한 사람에게 가야죠."

윤도의 표정은 단호했다. 형사는 별수 없이 검사지를 회수했다.

"원장님."

형사가 나가자 진경태가 윤도를 바라보았다.

"사필귀정이잖아요? 일이 그렇게 되었다고 해도 탁 원장은 수긍하지 않을지도 모릅니다. 그러니 결과는 그 사람에게 가야죠. 사람이 궁금한 걸 해결하지 못하면 속병이 나거든요."

윤도는 단호했다. 털면 먼지가 날 거라고 생각한 탁상명. 하지만 윤도의 약재에는 먼지가 없다는 걸 보여주고 싶었다. 그걸 위해 일부러 의뢰를 진행해 달라고 한 윤도였다.

"정 실장님, 진료하자고요. 20분 채울 필요 없잖아요?"

윤도가 복도로 나가며 외쳤다. 시간은 9시 10분. 정식 진료 시간은 20분이나 남았지만 이미 기다리는 예약 환자가 많은 까닭이었다.

"……!"

한편, 형사가 가져온 검사 결과지를 본 탁상명은 파르르 전율하고 있었다. 검사 결과지는 완벽했다. 약재들은 최상품이었고 성분 함량도 좋았다. 법제는 눈이 돌아갈 정도로 좋았고 중금속, 곰팡이, 농약 잔류량까지 모두 불검출… 약재 관리가 기막히게 된다는 반증이었다.

"이걸 나한테 가져다주라고 했다고요?"

탁상명이 형사에게 물었다.

"딱 원장님이라고 지칭한 건 아니고 애당초 의뢰자에게 가져다줘야 하는 거 아니냐고 했습니다. 그런데 당초 의뢰자는 원장님이잖습니까?"

"이 결과 조작 아닙니까?"

"제가 직접 샘플 채집해서 분석 기관에 보낸 사람입니다만."

"……"

"그럼 저는 이만……"

형사는 그길로 화암한의원을 나갔다. 그때까지도 탁상명은 검사 결과지를 보고 있었다. 몇 번을 뜯어봐도 문제가 없었다. 현기증이 일었다. 이건 오히려 윤도를 띄워준 결과가 되었다. 불시에 점검한 약재들이 이토록 최상급이라면 윤도의 신뢰도만 높아질 일이었다.

'빌어먹을!'

애송이 채윤도. 방송 녹화 때부터 마음에 들지 않았다. 더구나 믿기지 않는 그 장침 실력. 그건 기인 한의사 기도환에게서나 가능한 일이었다. 그의 제자가 있다는 풍문은 있었지만 채윤도는 아니었다. 나이로 미루어보아 기도환에게 사사받을 수가 없는 것이다. 그렇다면 그 실력은 대체 어디서 온 걸까? 탁상명은 깊고 깊은 한숨에 사로잡혔다.

"원장님, 환자 들여보낼까요?"

진료를 재촉하는 간호조무사의 목소리도 들리지 않았다.

딸깍!

탁상명은 찜찜한 마음으로 상담실에 들어섰다. 안에는 강남 사모님의 소개로 온 강북 사모님이 있었다. 나이는 57세. 4년 전에 아들이 로스쿨을 졸업하고 검사 시험에 붙었다. 남편은 복지부 요직에 아들은 검사. 이제 뒷바라지할 일이 없다 보니 얼굴과 몸매 관리에 빠져 있다.

강남 사모님 딸 여드름을 무료로 치료해 주는 조건으로 소개를 받은 고객이었다. 비만 관리와 동안침을 예약하며 1,500만 원짜리 코스 치료에 들어갔다. 하지만 살도 얼굴도 크게 변하지 않았다.

"오늘은 좀 잘해주세요. 지난번에는 멍이 들었다고요."

사모님이 컴플레인을 쏟아놓았다.

"조금 그랬군요. 이 정도는 별거 아닙니다. 나쁜 피가 나온 거니 걱정하실 거 없습니다."

"침놓는 김에 두통 침도 좀 부탁해요. 요즘 괜한 두통 때문에 불면증이 생기는 거 같아서……."

"걱정 마십시오. 제가 한 방으로 처리해 드리죠."

"서비스죠?"

"그럼요. 사모님은 VVIP시니까요."

탁상명은 화려한 말발로 환자 비위를 맞췄다. 하지만 오늘 침술은 그리 화려하지 않았다. 미용 약침이 모세혈관을 건드리면서 다시 출혈이 나온 것이다. 기분 탓이었다. 찜찜한 마음으로 침을 놓으면 꼭 부작용이 있었다. 간호조무사에게 솜을 받아 재빨리 응급처치를 했다. 피가 잘 멈추지 않았다.

"피가 나요?"

눈을 감고 있던 사모님이 물었다. 그도 눈치가 있는 여자였다.

"아닙니다. 잠깐……."

겨우 출혈을 잡고 나머지 과정을 마쳤다. 윤도의 검사 결과지 때문이었다. 마음을 달래며 두통 혈자리를 잡았다. 견정혈과 백회혈, 태충혈, 그리고 행간혈과 삼음교혈이었다. 침은 제대로 넣었다. 그 역시 침의 달인급으로 불리는 사람. 그런데…

다리 쪽에 침이 들어가다 걸렸다. 뽑아내고 다른 침을 넣으려
는 순간,

"원장님!"

옆에 있던 간호조무사가 입을 막으며 말했다.

"……?"

문득 사모님을 바라본 탁상명의 머리에 현기증이 일었다.
사고였다. 뇌빈혈이었다.

"사모님!"

흔들어보지만 눈알이 뒤집히고 있었다. 뇌빈혈이 제대로 온
모양이었다.

"어떡해요?"

간호조무사가 울상을 지었다.

"쉬잇!"

탁상명이 경고를 보내고 응급처치에 들어갔다.

'뇌빈혈… 족삼리……'

그의 손은 서둘러 족삼리혈을 짚었다. 침이 들어갔다. 하지
만 사모님의 의식은 점점 더 까무룩한 곳으로 내려가고 있었
다.

"원장님!"

"조용하라니까!"

"……."

탁상명이 침을 뽑아냈다. 그런 다음 다시 족삼리를 찔렀다.

뇌빈혈의 명혈로 불리는 족삼리혈. 하지만 환자는 반응이 없었다. 백회를 찔러도 소용이 없었다.

"뭐야? 이 환자 알레르기 체질이야? 그런 거 없다고 했잖아?"

탁상명이 간호조무사를 돌아보았다.

"네⋯⋯."

"그런데 왜 이래? 이봐요, 사모님, 사모님!"

몇 번 흔들어보지만 사모님은 대답이 없다.

"⋯⋯!"

탁상명의 뇌리에 벼락이 쳤다. 뇌물 공여로 벌금형을 맞은 서류에 잉크도 안 마른 상황. 여기서 의료사고를 내면 끝장이었다. 더구나 이 환자의 집안은⋯⋯.

보건복지부 고위직 남편.

검사 아들.

'으어억!'

온몸에서 힘이 빠져나갔다. 어쩌면 인생 종치는 날이 될 수도 있었다. 휘청거리는 탁상명의 눈에 구석에 놓인 신문들이 들어왔다.

〈명침명의 채윤도〉

SS병원에서 침 하나로 폐부전 환자를 구한 기사였다.

'젠장!'

생각만으로도 식은땀이 흘렀다.

'젠장!'

그러나 방법이 없었다. 지금은 그가 저승사자라고 해도 도움이 필요한 시기였다. 게다가 시간을 다투는 일. 고민하고 어쩌고 할 여유도 없는 상황이었다.

"조 실장하고 저쪽 일침한의원에 가서 원장 좀 모셔와."

"네?"

"가서 모셔 오라고. 어서!"

"네⋯⋯."

간호조무사가 밖으로 뛰었다. 창을 통해 그 모습을 지켜보았다. 하지만 그 둘은 이내 빈손으로 나왔다.

"안 와?"

그녀들을 앞에 두고 탁상명이 물었다.

"급한 일이 있으면 119를 불러야지 마약 침이나 놓는다고 소문난 한의사를 불러서 되겠냐고⋯⋯."

'윽!'

빈정의 돌직구였다. 탁상명은 갈비뼈가 내려앉는 아픔을 느꼈다.

"119 부를까요?"

조 실장이 물었다.

"됐어. 누구 죽는 꼴 보려고 이래? 이 환자 집안을 조 실장이 몰라서 그러냐고?"

"……!"

"젠장, 내가 다녀올 테니 이 방에 아무도 못 들어오게 해. 행여 환자들 모르도록 티 내지 말고."

이번에는 탁상명이 뛰었다.

"……!"

시침을 마치고 나온 윤도, 복도에서 숨을 몰아쉬는 탁상명을 보았다. 옆에는 그를 안내해 온 정나현이 서 있었다.

"무슨 일이죠?"

윤도가 물었다. 방금 화암한의원 직원들이 다녀갔다. 용건을 모를 리 없지만 일부러 먹이는 빅 엿이었다.

"채 원장님."

탁상명의 식은땀과 진땀으로 범벅이 된 채 뒷말을 이었다.

"잠깐 시간을 좀 내주세요."

"제가 왜요?"

"저희 직원들이 말씀드리지 않았습니까? 지금 우리 한의원에……."

"……."

"부탁입니다. 잠깐만."

"그러니까 용건이 뭐냔 말입니다."

윤도가 묻는 사이에 진경태가 나왔다. 종일도 나오고 연재

까지 그 뒤로 포진했다

"끄응!"

자존심 때문에 차마 도와달라는 말을 꺼내지 못하는 탁상
명. 그 얼굴은 점점 썩은 사색으로 변해갔다.

"볼일이 없으시면 저는 다음 환자 때문에⋯⋯."

윤도가 그 옆을 지나갔다. 그러자 탁상명이 윤도 팔뚝을 잡
았다.

"채 선생, 도와주세요!"

탁상명의 자존심이 와르르 무너졌다.

"뭐라고요?"

윤도가 돌아보며 물었다.

"도와주세요. 아무래도 내가 시침한 환자가 뇌빈혈이 난 거
같은데 회복 침을 놓았지만 정신이 돌아오지 않습니다."

"그런데 왜 우리 원장님이 가야 합니까? 당신이 저지른 일
을 가지고⋯⋯."

진경태가 묵직한 한마디를 던져놓았다.

"지난번 일 때문이라면 사과합니다. 하지만 당장은 환자가
촌각이 급하니⋯⋯."

"진심으로 하는 사과입니까?"

윤도가 물었다.

"그렇습니다. 진심입니다. 그러니⋯⋯."

"배 샘, 내 장침 통 가져오세요."

"원장님!"

진경태가 윤도를 말렸다. 하지만 윤도는 끝내 탁상명을 앞세우고 나갔다. 생각할수록 실망스러운 탁상명. 하지만 환자가 우선이었다. 미워도 탁상명은 한의사였다. 게다가 이웃한 한의원이었다. 만약 그의 침술 사고가 보도된다면 윤도에게도 좋을 게 없었다. 대한민국은 순간 여론이 강한 나라. 침술에 대한 부정적인 여론이 확산되면 그 불명예는 고스란히 모든 한의사들이 나눠져야 했다.

"여깁니다."

화암 한의원으로 돌아온 탁상명이 윤도를 시침실로 안내했다. 그때까지 벌벌 떨고 있던 간호조무사들이 물러났다.

"어떻게 된 겁니까?"

윤도가 물었다.

"미용침을 놓다가 두통이 심하다고 해서 견정혈을 비롯해 두통 혈에 침을 꽂았는데… 갑자기 뇌빈혈 상태가 와서 족삼리와 백회혈에 응급시침을 했어요. 하지만……."

탁상명의 말과 함께 윤도가 환자의 맥을 잡았다. 아직 최악은 아니었다. 손을 족삼리혈 자리로 옮겼다. 시침 자국이 보였다. 백회혈도 그랬다. 일반적인 보아 뇌빈혈에는 족삼리가 맞았다. 탁상명은 제대로 응급혈을 잡았다. 다만 좋은 결과를 낳지 못했다. 그게 인체였다. 누구에게는 통하지만 누구에게는 통하지 않는 혈자리가 있다. 그걸 살피지 못하고 혈자리를 찔러대면 로봇이 될 뿐이었다.

"뭐가 잘못된 거죠?"

탁상명의 질문을 뒤로 하고 장침을 뽑아 들었다. 탁상명은
혈자리를 주목하고 있었다. 족삼리는 이미 찔렀다. 윤도의 침
은 과연 어디로 들어갈 것인가?

"……!"

윤도의 장침이 혈자리를 찾아 탁상명의 머리카락이 쭈뼛
솟구쳤다. 윤도의 선택은 손등의 액문혈이었다.

'상초?'

탁상명의 머리에 짜릿한 충격이 스쳐 갔다. 이제는 머리에
잡히는 게 있었다.

"으음……."

동시에 환자 입에서 신음이 밀려나왔다.

"원장님, 환자가 정신이 돌아오나 봐요."

간호조무사가 소리쳤다.

"쉬잇!"

주의를 준 윤도가 장침을 또 뽑아 들었다. 그 침은 발로 내
려갔다. 손등과 같은 발등의 혈자리. 무명혈과 협계혈. 거기
서 윤도의 장침이 활처럼 휘며 일침투혈로 혈자리를 꿰었다.

"하아!"

침감을 상승시키자 환자가 상체를 움직였다. 침감을 조금
더 올렸다. 그러자 환자가 시나브로 눈을 떴다.

"원장님!"

간호조무사가 환자를 가리켰다. 맥이 풀린 탁상명은 벽에 기대 호흡을 골랐다. 탁상명은 생각지 못한 고난도의 문제. 상하 기혈의 혼란이었다. 그러니까 윤도가 오지 않았으면 결국 병원 응급실로 데려가 강심제를 맞혔어야 할 알이었다. 의료사고가 될 일이었다.

'으으.'

탁상명은 등뼈를 훑고 가는 전율을 겨우 버텨냈다. 한마디로 그 자신이 뇌빈혈에 걸린 듯 아찔했다.

'대증하약(對症下藥).'

탁상명의 뇌리를 치고 가는 한 단어였다. 대증하약… 같은 상황이지만 같지 않은 방법으로 문제를 해결하는 방법. 그 진수를 눈앞에서 본 것이다. 이는 화타의 전설에도 등장한다. 화타가 환자를 받았다. 같은 병을 앓는 사람이었다. 하지만 화타의 처방은 달랐다. 탁상명의 환자 역시 뇌빈혈이었지만 윤도의 대처가 그랬다.

저벅.

윤도가 다가왔다.

"이 뇌빈혈은 상초와 하초의 기혈 운행이 엇나가는 바람에 생겼습니다. 그렇기에 중초를 기준으로 중초 위의 문제는 액문혈에서 잡았고 중초 아래는 협계와 무명혈로써 상하 기혈 조화를 맞췄습니다. 물론 원장님도 아시는 일이었겠지만요."

"……."

"환자에게 가보시죠."

윤도는 탁상명의 귓전에 대고 속삭인 후 침구실을 나왔다. 실장이 달려와 나가는 문을 열어주었다. 놀란 그녀의 얼굴에는 아직도 푸른 사기가 남아 있었다.

"채 선생님!"

밖으로 나오자 탁상명 목소리가 들렸다. 돌아보니 2층 침구실 창이었다.

"고맙습니다. 진짜 고맙습니다."

그가 손을 흔들었다. 이제는 진심으로 윤도를 인정하는 얼굴이었다. 윤도는 손을 들어 화답한 후 걸음을 재촉했다.

"원장님!"

한의원으로 돌아오자 직원들이 모두 다가왔다.

"어떻게 됐어요?"

막내 승주가 먼저 물었다.

"뭐, 별거 아니야. 뇌빈혈이 생겼길래 장침 한 방……."

"어휴, 우리 원장님… 그런 인간은 콩밥 좀 먹게 그냥 놔두시지……."

진경태가 고개를 저었다.

"같은 한의사잖아요? 지척에서 침술 사고 내면 우리도 좋을 거 없어요. 그리고 이제 싹싹하게 나올 테니까 걱정하지 마세요."

"아무리 그래도……."

"아저씨, 고봉달이라는 약초꾼에게 왜 승복했다고 하셨죠?"

윤도는 진경태의 사연을 상기시켰다. 허름한 산골 약초꾼 고봉달. 진경태에게 약초의 눈을 뜨게 해준 참스승이었다.

"그야 그 양반 실력을 눈앞에서 봤기 때문에……."

"탁 원장에게는 오늘이 바로 그런 날이었을 거예요."

"……!"

"자자, 환자분들이 오래 기다렸을 텐데 속도 좀 냅시다."

윤도가 직원들 등을 밀었다.

퇴근 무렵, 굉장한 소식이 날아들었다.

"청와대요?"

시침 중간에 전화를 받은 윤도가 소스라쳤다.

―채윤도 한의사 선생님 맞죠?

전화 속의 비서관이 물었다.

"그렇습니다만……."

―얼마 전에 SS병원 일 말입니다. 그 일로 인한 대통령님의 치하가 있을 겁니다. 그러니 시간을 내주시기 바랍니다.

"저는 별로 한 일이 없는데요?"

―국정원의 보고를 받았습니다. 선생님이 없었다면 굉장한 낭패였을 거라고 하더군요. 그래서 저쪽 요청도 있고 해서 당시 집도의였던 강기문 박사님과 선생님을 함께 초청하는 겁니

다. 그러니……

"……."

—추후 다시 연락을 드리겠습니다. 그런 줄 아시고 준비하고 계시면 고맙겠습니다.

"예……."

전화가 끊겼다.

청와대의 전화.

별로 실감이 나지 않았다. 거기 갈 만한 일을 했다고 생각하지도 않은 윤도였었다. 그런데 대통령의 치하라니. 아무튼 나쁜 일은 아니었다. 그것은 곧 그날 간 이식을 받은 결과와 더불어, 북한과의 관계 개선도 나쁘지 않다는 반증 같았다.

"원장님, 이러다 대통령 주치의 되시는 거 아니에요?"

옆에 있던 승주가 반색을 했다.

"그게 아니고 그냥 초청이야. 요즘 청와대 개나 소나 다 가잖아?"

"무슨 개나 소나예요? 원장님 정도 되니까 초청을 받는 거죠."

"오케이, 일단 신경 끄고 다음 환자."

"그보다 손님부터……."

"손님?"

윤도가 문을 바라보았다. 승주가 문을 여니 탁상명이 들어섰다. 승주는 문을 닫아주고 나갔다. 마지막 진료가 남은 윤도. 탁상명은 옷차림으로 보아 퇴근길인 모양이었다.

"채 원장님."

그는 정중한 인사로 윤도를 태했다.

"원장님……."

"덕분에 위기를 넘겼습니다. 인사를 드리는 게 도리인 거 같아서……."

한 번 더 공손한 탁상명.

"인사라뇨? 한의사끼리 도움을 준 걸 가지고……."

"아닙니다. 솔직히 내가 좀 편협했어요. 지난번 명의열전 방송 때의 앙금이 남았었습니다. 채 선생님처럼 젊은 사람에게 밀릴 줄은 몰랐거든요."

"그렇다면 저도 죄송하게 생각합니다. 하필이면 원장님 자리를……."

"아닙니다. 오늘 곰곰 생각해 보니 나보다 채 선생님이 나가는 게 백번 옳았습니다. 한의의 부흥을 위해서도."

"고맙습니다."

"여기에 마음을 좀 담았는데……."

탁상명이 봉투를 내밀었다.

"아니, 왜 이러십니까?"

윤도가 손사래를 쳤다.

"그러지 마시고 받아주십시오. 나 때문에 스트레스 많이 받았을 텐데 이렇게라도 정식 사과를 전하고 싶습니다."

"원장님."

"그리고… 약재 말입니다. 검사 성적표 보니까 후덜덜하던데 저도 좀 소개를 시켜주시면……."

"그거야 저희 약제실장님께서……."

"염치없지만 부탁합니다."

탁상명은 봉투를 놓은 채 퇴장을 했다. 봉투 안에 든 건 500만 원이었다. 돈보다 탁상명의 변화가 고마웠다. 약재까지 부탁하는 마당이니 진심이 아닐 수 없었다. 윤도 입가에 미소가 돌았다. 오늘 일은 잘한 것 같았다.

"아저씨, 정 실장님!"

진경태와 정나현을 불러 상황을 일러주었다.

"와아, 역시 우리 원장님. 역시 실력은 통하게 되어 있다니까요."

정나현이 손뼉을 치며 좋아했다.

"약재 거래처 소개해 주라고요?"

진경태는 여전히 심드렁한 표정이었다.

"뇌물을 먹었으니 어쩌겠어요. 약재 거래처 알려준다고 아저씨 실력이 줄어들 것도 아니고… 실장님이 이거 가지고 가서 직원들 회식하세요. 돈 남으면 사무실에 필요한 물품 구입하고요."

500만 원 봉투는 정나현에게 운영비+회식비로 건네주었다.

"원장님은 같이 안 가시고요?"

"아, 저는 저녁 왕진이 있어서요."

"그럼 저라도 따라가서 보조할게요. 혼자 가시면 모양 안 나요."

"아닙니다. 여러분은 회식. 왜냐하면 제가 오늘 아버지 일로 가는 거거든요. 설마 부자지간의 오붓한 시간을 방해하려는 건 아니겠죠?"

"뭐 그렇다면야……."

정나현이 꼬리를 내렸다.

"그럼 좋은 시간들 되시고 내일 봐요."

윤도는 가뜬하게 한의원을 나섰다. 효도 한번 해볼 생각이었다.

『한의 스페셜리스트』 6권에 계속…

초대형 24시 만화방

신간 100%, 샤워실, 흡연실, 수면실(침대석), 커플석, 세탁기 완비

■ 광명 광명사거리역점 ■

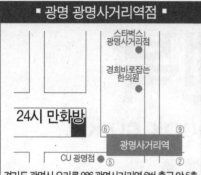

경기도 광명시 오리로 986 광명사거리역 6번 출구 앞 5층
02) 2625-9940 (솔목타워 5층)

■ 강북 노원역점 ■

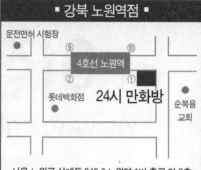

서울 노원구 상계동 340-6 노원역 1번 출구 앞 3층
02) 951-8324 (화용빌딩 3층)

■ 일산 정발산역점 ■

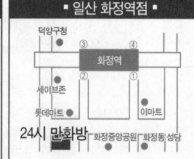

라페스타 E동 건너편 먹자골목 내 객잔건물 5층
031) 914-1957

■ 일산 화정역점 ■

경기도 고양시 덕양구 화정동 984번지 서일빌딩 7층
031) 979-4874 (서일사우나 건물 7층)

■ 부천 역곡역점 ■

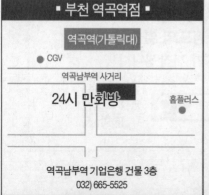

역곡남부역 기업은행 건물 3층
032) 665-5525

■ 부평역점 ■

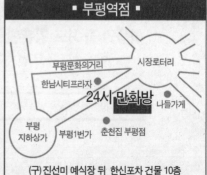

(구) 진선미 예식장 뒤 한신포차 건물 10층
032) 522-2871

크레도 장편소설
FUSION FANTASTIC STORY

톱스타 이건우

열정만으로 성공하는 것은 아니다!

어중간한 실력으로 허송세월하던 이건우.

그의 앞에 닥친 갑작스러운 사고와 함께 떠오르는 기억.

'나는 죽었는데 살아 있어. 그건 전생? 도대체……'

전생부터 현생까지 이어지는 인연들.
그리고 옥선체화신공(玉仙體化神功)…….

망나니처럼 살아온 이건우는 잊어라!
외모! 연기! 노래!
삼박자를 모두 갖춘 최고의 스타가 탄생한다!

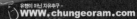

FUSION FANTASTIC STORY

설경구 장편소설

저니맨 김태식

한 팀에서 오래 머물지 못하고
이 팀, 저 팀을 옮겨 다니는
저니맨(Journey man)의 대명사, 김태식!
등 떠밀리듯 팀을 옮기기도 수차례.

"이게… 나라고?"

기적과 함께 그의 인생에 찾아온 두 번째 기회!

"이제부터 내가 뛸 팀은 내 의지로 선택한다!"

더 이상의 후회는 없다!
야구 역사를 바꿔놓을
그의 새로운 야구 인생이 펼쳐진다!

Book Publishing CHUNGEORAM

유행이 아닌 자유추구 -
WWW.chungeoram.com

FUSION FANTASTIC STORY 류승현 장편소설

리턴 마스터

2041년, 인류는 귀환자에 의해 멸망했다.

최후의 인류 저항군인 문주한.
그는 인류를 구하고 모든 것을 다시 되돌리기 위하여
회귀의 반지를 이용해 20년 전으로 돌아갔다. 하지만······.

"어째서 다른 인간의 몸으로 돌아온 거지?"

그가 회귀한 곳은 20년 전의 자신도, 지구도 아니었다!

**다른 이의 몸으로 판타지 차원에
떨어져 버린 문주한.
그는 과연 인류를 구원할 수 있을 것인가!**

Book Publishing CHUNGEORAM

유행이아닌 자유추구 -
WWW.chungeoram.com

FUSION FANTASTIC STORY

박골 장편소설

내 손끝의 탑스타

그의 손이 닿으면 모두 탑스타가 된다?!

우연히 10년 전으로 회귀한 매니저 김현우.
그리고 그의 눈앞에 나타난 황금빛 스타!

그는 뛰어난 처세술과 냉철한 판단력으로
다사다난한 연예계를 돌파해 나가는데……

돈도, 힘도, 빽도 없지만 우리에겐 능력이 있다!

김현우와 어울림 엔터테인먼트의
통쾌한 성공기가 지금부터 시작된다!

Book Publishing CHUNGEORAM

유행이 아닌 자유추구 -
WWW.chungeoram.com